鲁迅，1925 年 5 月 28 日摄于北京 　　　　　许广平

（上）鲁迅、许广平与中山大学图书馆馆员蒋径三合影，摄于 1927 年 9 月 11 日

（下）鲁迅、许广平与周建人（前左一）、孙伏园（后右一）、林语堂（后中）、孙伏熙（后左一），1927 年 10 月 4 日摄于上海

（上）周海婴出生百日全家照，1930年1月4日摄于上海

（下）鲁迅全家合影，摄于1933年9月13日

鲁迅与儿子

许广平与儿子

许广平在鲁迅故居前

鲁迅夫子

悲哀的氛围笼罩了一切，

我们对你的死，有什么话说！

你曾对我说：

"我好像一只牛，

吃的是草，

挤出的是牛奶血。"

你不晓得，什么是休息，

什么是娱乐。

工作，工作，

死的前一日还在执笔，

如今……

希望我们大家，

锲而不舍，跟着你的足迹。

许广平敬献

许广平挽词《鲁迅夫子》

（上）1933 年出版，由鲁迅亲自设计封面的鲁迅与许广平的书信集《两地书》

（下）鲁迅深夜写作时喜饮茶，许广平为防止茶凉，特地缝制了可以让茶保温的茶壶帽

民国爱情传奇

师生情缘

鲁迅与许广平

崔冬靖／著

山西出版传媒集团
北岳文艺出版社
BEIYUE LITERATURE & ART PUBLISHING HOUSE

图书在版编目（CIP）数据

师生情缘：鲁迅与许广平 / 崔冬靖著 . —太原：
北岳文艺出版社 , 2015.1
ISBN 978-7-5378-4366-9

Ⅰ . ①师… Ⅱ . ①崔… Ⅲ . ①长篇小说－中国－当代
Ⅳ . ① I247.5

中国版本图书馆 CIP 数据核字（2014）第 313654 号

书　　名	师生情缘：鲁迅与许广平	
著　　者	崔冬靖	
责任编辑	张　丽	
设计制作	鸿儒文轩	
出版发行	山西出版传媒集团·北岳文艺出版社	
地　　址	山西省太原市并州南路 57 号	
邮　　编	030012	
电　　话	0351-5628696（太原发行部）	
	010-57571328（北京发行部）	
	0351-5628688（总编室）	
传　　真	0351-5628680　010-57571328	
网　　址	http://www.bywy.com	
E - mail	bywycbs@163.com	
印刷装订	三河市华东印刷有限公司	
开　　本	787×1092　1/16	
字　　数	159 千字	
印　　张	12.25	
版　　次	2015 年 1 月第 1 版	
印　　次	2020 年 10 月河北第 2 次印刷	
书　　号	ISBN 978-7-5378-4366-9	
定　　价	26.00 元	

前言

十月，是一年中最好的时节。

它不若十一月的云迷雾锁，十二月的雪虐风饕，一月的冰雪严寒，二月的风雨不定，三月的料峭春寒，四月的狂风走石，五月的雨打风吹，六月的暑气蒸腾，七月的铄石流金，八月的炎炎烈日，九月的萧瑟秋风。

它在湿润中带着一丝清爽，温暖中带着一丝清凉，烈日下带着一丝清风。多一分太多，少一分太少，正是秋高气爽，风轻云净的好时候。

最好的时节便该搭配最美的爱情。

鲁迅和许广平相遇在一个静谧的十月午后，清风徐徐，蝶舞花香。

此时的鲁迅已是赫赫有名的文坛巨匠，博览群书，学富五车，却并不风度翩翩。他其貌不扬，身上没有一点风流才子的风情，反而有着一段失败的婚姻。在事业中，他犀利、激进，是革命的前辈；但在爱情里，他还干净得如一张白纸，婚姻的枷锁让他深沉、绝望。

此时，年轻的许广平则是心存仰慕的高才学子，她风华正茂，却陷入了革命的漩涡。她热情积极，不矜不伐，不似平常女子悠扬含蓄。正是这样的性格决定了她和鲁迅之间的爱情走向。当鲁迅向她伸出援助之手，他就已成为她今后人生的避风港湾。

这对师生之间的间隔岂止千山万水，但爱情要来临的时候，从不设定条件。只是在某一时刻，毫无征兆地闯入人们原本或平静无澜，或痛苦不安的生活。从此，便深陷其中，不能自拔。于是，在那样一个风雨飘摇的时代，他们相爱了。

那是最坏的时代，民生凋敝，动荡不定，山雨欲来风满楼。

却也是最好的时代，民众觉醒，百家争鸣，国家不幸诗家幸。

在这时好时坏忽明忽暗的时局中，鲁迅特立独行，时刻保持着清醒的头脑，想要为自己、为世人，争得一份安身立命之所。他尝试种种选择，最终弃医从文，以笔代刀，走上了同黑暗反动势力斗争的不归路。

他忧国忧民，劳心劳力，想要还这世界一份清明。虽不能一蹴而就，但他的努力和成果仍然是显而易见的。受过新式教育的他，为了民主与科学的新文化运动尽心尽力，其良性影响越来越大。一切都朝着他的目标一步一个脚印地前进。

然而，生命中总有那么一些事情不会十全十美。他在事业上越成功，就显得他的家庭生活越失败。

鲁迅曾试图掌控许多东西。他的喜好、事业、前进的方向，等等。当然，还有他最想掌控的婚姻。然而，他独独不能掌握的就是婚姻。他期待的婚姻，应以爱情为基础，两人志趣相投，同心协力。当他和朱安——一个裹小脚的旧式女子，在历经他"至孝"的母亲逼婚骗婚、最终走进封建社会包办婚姻之后，他们之间就已再无发展的可能。此后，他们的婚后生活了无生趣。爱情自不必提，这对夫妻之间连基本的思想和感情交流都是没有。

他挣扎过——但这种挣扎十分无力，得不到亲人的认可，包括他挚爱的母亲。

他反抗过——但他显然没办法去面对独自抚养他长大的母亲，这份恩情他无力偿还，他别无他法。

他逃避过——但躲得了一时，却躲不了一世，最终还是要面对。

他妥协过——但那素昧平生的女人根本不可能抹去身上封建礼教残留的痕迹，她再努力，也仍旧做不成能够和鲁迅并肩的"新"女性。

他做出了许多努力想要摆脱这段婚姻，但结果仍是被迫接受。他变得心灰意冷，于爱情无望。罢了罢了，便将这所有的力量都放入到与敌人的斗争中去；罢了罢了，为了守护心中的期望，孤独一生又何妨？

那是一个变革的时代，也是一个对妇女极度苛刻与极度包容并存的时代。

有一份部分人提倡平等，竭力呼吁妇女解放。越来越多的女子走出家门，读书识字，不必裹脚，相夫教子不再是她们唯一的出路。她们可以有自己的事业，可以经济独立，也可以去革命，为国家贡献自己的力量。她们以自身实力证明，她们可以做得不比男人差。

但也还有一部分人，并不甘心那个时代的老去。他们极力地维护着封建传统那个可以称得上是自负的自尊，把一切新式女子的行为，都定义为大逆不道。他们不能接受女子的抛头露面，包办婚姻是他们最后的手段、最后的挣扎。

这两部分人势同水火。他们之间一直争议不断，且不论最终的输赢，在这个时代，他们都留下了属于自己的痕迹。

而许广平，深陷于这两股势力之中。

在一部分人眼中，她是标准的新式女子。读书识字，有思想，有抱负，积极地奔走于革命事业中。

在另一部分人眼中，她却是地地道道的大家小姐，传统世族，身份特殊，身上还有着碰杯为婚的约定。

在这两股势力的夹缝中，她的心灵受尽了挤压、摧残，但果敢的她以实际行动证明了自己的新式身份。扔聘礼、拒婚，做了许许多多女人想做却不敢做的事情。她终是为自己争得了一个自由之身。

她为了更高的梦想只身北上，遇到了朦朦胧胧的初恋。一切，看似很完美。但有什么心痛比得上因自己的疏忽而使爱人丧失性命？最可悲的是，一切在她都还不知道的时候，就已经来不及了。这段感情让她耿耿于怀，她悲痛，怨恨，却无济于事。她大哭一场，将过去永远埋藏心底。

他们本都是这是世界上不算幸福的人。他们都曾对自由的爱情充满了希望，又遭遇了这世上最严酷的情感打击。如果没有遇见，鲁迅的私人生活一定是场悲剧，他今后的成就也许也会大打折扣；如果没有遇见，许广平也许会遇到一个同龄人，也许也能一起革命奋斗，但更可能在那个惨烈的争斗中早早地失去宝贵的生命。

但自从他们遇见，一切，都变了。

年过不惑的鲁迅如沐春风，脸上生硬严肃的痕迹不自觉就柔软了许多。

正值青春年华的许广平醍醐灌顶，迷茫焦灼的目光不自觉就带上了一抹坚定。

鸿雁传书，互诉情长。

他们该感谢那个动荡的年月，让他们能够同仇敌忾，共同患难。究竟谁是谁的后盾，没有人能分得清楚。于是，他们克服了种种困难，终于走到了一起。

不得不承认，作为男子，鲁迅把所有的坚硬都丢给了敌人，丢给了奋斗的事业，在感情方面，他便显得有些柔软。但历经了重重磨难之后，他终于也可以肯定地说：他，可以爱。尽管两人的差距永远也无法填补，但他们二人并不在意，这也许是一种别样的距离产生的美。

而许广平始终都是干脆直爽的，她深知爱情光靠缘分是不够的，要拼尽全力去争取。是她的热情感化了他。为了爱，她几乎牺牲了自己，几乎要变回闭门不出、相夫教子的"后院女子"。但许广平终究是不同的，即使在家中，她也在努力学习，永远地跟随着他的脚步，变成了鲁迅的左右手。他们创造了一份属于自己的天地，有了爱情的结晶。

这是他们曾经不敢期望、几乎放弃的东西。爱情何其奇妙！在你转身的某个时刻，它也许就在下个路口静静地等待你的来临。

为着鲁迅家里那个所谓的"妻子"，他和她遭受了许许多多的非议。他变成了始乱终弃的小人，她变成第三者插足的"小三"。那个女人如一根刺梗在两人中间，却因着两人的善良将一切化解。

爱伴随着他们走遍了中国的许多角落，每个走过的城市，都能留下一段美好的爱情故事。

然而，他的老去终是不可避免。鲁迅独自离去，希望她忘了他。她焦躁不安，迷失彷徨。但许广平的心却始终跟随着他，无论在哪里，鲁迅都是她的师长，都是她的指明星。她的路还很长，但爱情正是继续走他未走完的路。况且他们的路，早在相遇的那一刻就已并为一条。从此以后再没有分叉口。

他们相识不过十三载，然而这短暂的时光是他们这一生中最幸福、最充足的时光。他犹如一片广阔的天空，有容乃大。她本可以做一尾鱼，遨游在属于自己的一方江湖河海；抑或是做一只自由翱翔的小鸟，穿越森林花海。但她仍然选择做他的云，为他的生命增添一道风景。

遇见，真是一个美丽的意外。

什么是最好的爱情？就似舒婷《致橡树》所说：

我如果爱你——
绝不像攀缘的凌霄花，
借你的高枝炫耀自己；
我如果爱你——
绝不学痴情的鸟儿，
为绿荫重复单调的歌曲；
也不止像泉源，
常年送来清凉的慰藉；
也不止像险峰，
增加你的高度，衬托你的威仪。
甚至日光。
甚至春雨。
不，这些都还不够！
我必须是你近旁的一株木棉，
作为树的形象和你站在一起。
根，紧握在地下；
叶，相触在云里。
每一阵风过，
我们都互相致意，
但没有人，
听懂我们的言语。
你有你的铜枝铁干，
像刀，像剑，
也像戟；
我有我红硕的花朵，

像沉重的叹息，

又像英勇的火炬。

我们分担寒潮、风雷、霹雳；

我们共享雾霭、流岚、虹霓。

仿佛永远分离，

却又终身相依。

这才是伟大的爱情，

坚贞就在这里：

爱——

不仅爱你伟岸的身躯，

也爱你坚持的位置，

脚下的土地。

　　鲁迅和许广平即是如此，不论鲁迅在文坛抑或是革命中取得了多少成就，许广平始终都不是单纯依附他的蔓藤。她独立、知性，她就守在他的身旁，没有任何人能取代她的位置。他们是师生，是战友，更是灵魂的伴侣。

　　那个年代，伴随着风风雨雨，已经远去。都说变化是这个世界上唯一不变的东西，人在变，物在变，就连那份真挚的情也永远留在了那个其实并不算太远的时代。但不必忧心，那最美的爱情已经绽放在那最好的时节中，幽香四溢，悠远绵长。

目录 \ *contents*
师生情缘：鲁迅与许广平

第七卷

万世此心与君同

第一卷

落花时节始逢君

十月京都始相逢

何谓爱情？它缘何而起，又因何而止，我们始终不能窥其究竟。激情浪漫的爱情故事总是让人向往，而当激情浪漫褪去华丽的外衣，我们才会渐渐懂得爱情的极限是平淡的，两个人相依相伴一起经历生活的喜怒哀乐、酸甜苦辣、跌宕起伏，这才是爱情的真谛。

鲁迅和许广平的相遇毫无波澜壮阔，但却正如潺潺溪水，细水长流。

"哪个少年不寂寞，哪个少女不怀春。"

作为提倡新思想的新文化运动的核心人物，鲁迅在工作、革命之余，对感情生活也不无憧憬。他有一腔热血，希望有那么一个新时代女性，不缠足，有学问，能站在身边同他一起读书，一起争论，一起追求真理，一起迈向新的世界。但命运往往让人怅然若失。他甚至还没能仔细思索"爱情"这个问题，就不得不选择接受一段传统的包办婚姻。

1906 年，身在仙台的鲁迅收到了"母病速归"的电报后匆匆赶回绍兴老家，回家后才发现这只是母亲逼婚的骗局。父亲早逝，鲁迅身上承载着太多母亲的恩情，他不忍拂逆母亲的心意，害怕看到母亲失望的眼神，对母亲的爱和责任让他选择接受这段婚姻。直到举行婚礼，26 岁的鲁迅才第一次见到新娘。新娘子朱安，比鲁迅大三岁，是典型的旧时代女性，裹足，且目不识丁。这和鲁迅所期望的婚姻完全相反，他们之间完全无法交流。在这革命时代，想到自己死无定期，而母亲又希望有人陪伴，鲁迅只好选择麻木地完成了婚礼，他苦笑：这是母亲娶媳妇。

鲁迅反对封建思想，坚决倡导自由婚姻，谁曾想，在母亲的强压之下，他却连自己的婚姻也无力挣扎。结婚后，他曾经说过一句沉痛的话：这是母亲给我的礼物，我只能好好地供养它，爱情是我所不知道的。

完婚后第三天，他就从家中出走，重回日本。那个时候的鲁迅，大概觉得今生于爱情已无望，把自己的全部精力都投入到革命斗争之中。就连他自己也没想到，十七年后，他还能够重新邂逅一段美丽的爱恋。然而爱情，它本就来去无影踪，不知何时在心底埋下种子，哪日春风拂过，便在心间萌生出一抹绿意。正如许多年后许广平所说："爱情的滋生，是漠漠混混、不知不觉的，我跟鲁迅之间也是不晓得怎么一来就彼此爱上了。"

1923 年 10 月 13 日，这是动荡民国时期中再平凡不过的一天，但对于许广平来说却是值得永远铭记在心的一天。那一天，是北京女子高等师范学校新学期开学的第一天，时值鲁迅应校长许寿裳之邀来女高师讲授《中国小说史略》的课程。许广平于 1922 年考入国立北京女子高等师范学校，她和所有的女学生一样，对这位写小说赫赫有名的新先生充满了好奇与期待。上课的钟声刚刚响起，同学们三三两两的议论还没能收住，一个矫健的身影就已登上了讲台。教室内的嘈杂声因讲台上的身影戛然而止。坐在第一排的许广平仔细地打量了这位名声大噪的新先生，心中闪过一丝讶然。和鲁迅的名头相比，他的穿着相当朴素，并不似其他新派人物那样西装革履，一身暗绿夹袍搭一黑马褂，衣服已洗得有些发白，两者几乎褪成了相同的颜色。手腕上、裤子上、夹袍外许多地方都打着补丁，连皮鞋四周也满是补丁。但在鲁迅的身上，这些补丁并不显眼，反而成就了一种别样的气质。最引人瞩目的当属鲁迅那一头"冲冠怒发"——那有两寸长的平头，笔挺地竖立着。桀骜的发型搭配着一身朴素的衣裳，看上去有点滑稽，有人忍不住低声哂笑。

但这笑声并未持续很久，他一开口讲课，旁征博引，滔滔不绝，学生就一下子肃然了。他用带着浓郁的绍兴口音的"蓝青官话"讲起课来，声音抑扬顿挫，很快，学生们就被他深广博奥的知识、口若悬河的讲授吸引。没有一个人逃课，也没有人偷偷做听讲之外的事情。大家专心致志，整个教室一片肃静，除了鲁迅滔滔不绝的讲课声，只有笔尖与纸张之间细细的摩擦声。

坐在头排的许广平也毫无例外地被吸引了。她在讲台下凝视着兴致盎然的新先生，心中起了波澜。

这正是许广平与鲁迅的初遇。许多年后，回想起那天的场景，许广平还有一种恍如昨日，如沐春风的感觉。也许许广平的爱情在此时就已萌芽，但鲁迅对此却浑然未觉。何况那时的鲁迅早已尘封了自己的爱情，他只是专心致志地讲课。

鲁迅的课很受欢迎，每个星期一下午都座无虚席。许广平每每都抢占着头排的那个座位，在课堂上直率地向鲁迅提问题。鲁迅的回答总是让许广平的内心满足，她被他的分析、被他的博学而折服。这种有所追求的日子，让许广平觉得安心。

许广平出生于广州一个聚族而居的大家族，她降临人世三天就被父亲"碰杯为婚"，许配给广州一个姓马的劣绅家。许广平大约天生就该成为一个新时代女性，除却大部分南方女子的顺从温婉，她的性格中还饱含了一股坚韧的劲头，她学官话，不肯说土话，不肯缠足，不肯接受不自主的包办婚姻，父母对她毫无办法。尽管马家多次上门逼婚，但她最终还是扔掉马家的聘礼，在二哥的帮助下与马家解除了婚约。

1922 年，许广平终于离开了那个让她压抑的封建大家族，北上求学。1923 年她考入北京女子高等师范学校国文系。初到北京，在女高师读书的许广平结识了在北京大学就读的广东青年李小辉，他们是同乡、表亲，年龄相当。在异地他乡，两个人很快就从老乡之间的互相关心擦出爱情的火花。然而，爱情的道路总是充满荆棘。许广平患上猩红热而不自知，李小辉来看望而被传染。病中的许广平常常想念李小辉，可当她病愈时听到的却是李小辉亡故的消息。他们之间的爱情还没来得及发芽，就已经被生生扼断。对于好不容易脱离了封建家族而追求自由生活的许广平来说，那种打击可想而知，遗憾、愧疚，种种情绪萦绕在她的心头。

此后，许广平一心求学，想起爱情，她总有些许遗憾。

1924年2月，北高师校长许寿裳辞去校长之职，思想封建、独断专横的杨荫榆担任校长。杨荫榆上任后，依附北洋军阀，推行封建奴化教育，恢复封建旧礼教，肆意压迫学生，激起进步师生的强烈反对。女师大的师生对杨荫榆倒行逆施的措施进行了不断地抗争。1924年4月，十五名教员联名辞职。鲁迅的聘请期限正好满期，为了表示对女师大学生抗争的支持，他便向学校提出辞职，拒不接受杨荫榆的聘书。可没想到学生却不答应，纷纷挽留。据许广平回忆："一致爱护的鲁迅先生，在学生中找不出一句恶评。也曾经有过一次辞职的事，大家一个也不缺的挤到教务处，包围他，使得他团团地转，满都是人的城墙，肉身做的堡垒。这城堡不是预备做来攻击他，正相反，是卫护他的铁壁铜墙。"

学生的热情让鲁迅深受感动，最终决定留下继续任职。很多年后，这一波三折，许广平回想起来，依然庆幸、欣喜。这庆幸、欣喜，不是毁了一座城池，挽救了一场爱情，而是心惊胆战、患得患失之间，离别终究没有发生，缘分你无须期待，该来的自然不会离开。

许广平与鲁迅的年龄相差十七岁。十七，对于他们来说是一个特殊的数字。在他们相遇的1923年，鲁迅已于十七年前奉母之命娶了朱安。他和许广平的相遇，迟了整整十七年，但爱情，从来都不晚。

鸿雁缘牵师生情

自 1924 年 2 月杨荫榆担任女师大的校长后，因思想守旧，专横独断，她在女师大人心尽失。女师大学生张存良因曾得罪过杨荫榆，在患猩红热后，杨荫榆报复，不许她延医治病，以致张存良不治而亡，在学校引起轩然大波。

1924 年 11 月，女高师的学生与校长杨荫榆的矛盾日益加深。杨荫榆对文科预科有意见，三位学生因假期时家乡发生战争而延迟回校，就强令三位学生退学。而教哲系也有同样的情况，她却免予处分。如此赏罚不公，激起众怒。学生自治会要求她收回成命，没想到她竟然破口辱骂学生代表。在忍无可忍之下，1925 年 1 月 18 日，女师大学生自治会召开全校学生紧急会议，决定不承认杨荫榆为校长，并发布《驱杨宣言》。这场轰轰烈烈的"驱羊运动"就此拉开了序幕。

不过，即使学生们奋起抵制杨荫榆的倒行逆施，但因杨荫榆有军阀政府撑腰，她依旧嚣张如故，双方的争执一直持续。

面对学校里的动荡不安，许广平内心非常苦闷，作为一个积极的进步青年，她有许多困惑和忧虑却无人诉说。一个个学期过去，转眼还有一年就快毕业了，就学的时间逐渐减少，而直面着人生的开始却瞬间来临，在感到学识的空虚和处事应对事物的渺茫无所指引之际，许广平想到了自己的老师鲁迅。听了一年多鲁迅的课，鲁迅渊博的知识和正直的品格给许广平留下了很深刻的印象。此前鲁迅拒不接受杨荫榆聘书的行为获得了许广平的信任，她决定去向鲁迅写信求教，希望得到老师的指点。

决定给鲁迅写信前，许广平的内心几经挣扎。鲁迅虽是自己的师长，可毕竟是大有名气的作家，崇拜他的人有很多，许广平一方面既担心打扰到尊敬的师长，另一方面又担心鲁迅对她不理不睬，因此犹豫不决。她与好友林卓凤说了此事，林卓凤想到鲁迅平时的平易近人，就鼓励她，赞成她写信。

于是，许广平压下了心中的不安，抱着求知的信念，怀着对师长的信任，于1925年3月11日，寄出了给鲁迅的第一封信。

那封信也许是鲁迅众多学生来信中再平凡不过的一封，但就连许广平自己也没有想到，就是这样一封求教信，开启了她和鲁迅进一步沟通的大门。

怀着忐忑不安的心情，许广平在那封信的开头这样写道："现在执笔写信给你的，是一个受了你快要两年的教训，是每星期翘盼着希有的，每星期三十多点钟中一点钟小说史听讲的，是当你授课时坐在头一排的座位，每每忘形地直率地凭其相同的刚决的言语，好发言的一个小学生。他有许多怀疑而愤懑不平的久蓄于中的话，这时许是按抑不住了吧，所以向先生陈诉。"

许广平的措辞有些小心翼翼，与她平时大大咧咧的性格颇为不符，不过，其中对鲁迅的仰慕之情并不难看出。写完后，她还不放心，先拿给林卓凤看，自己又反复修改了几遍，最终郑重其事地誊写了一遍才寄给了自己敬仰的老师鲁迅。

对于杨荫榆的行为，许广平在信中大为感慨，仿佛将近日来在学校的压抑全部宣泄出来一样。如此的局势，让她心头有些迷茫，所以除却学校的风潮，她还问及了许多关于人生思考的问题。她向鲁迅求教："在无可救药的赤火红红的气焰之下，先生，你放下书包，洁身远引的时候，是可以'立地成佛'的了。然而，先生！你在仰首吸那卷着一丝丝醉人的黄叶，喷出一缕缕香雾迷漫时，先生！你也垂怜，注意，想及有在蛊盆中辗转待拨的么？也愿意而且痛快地予以'杨枝玉液'时时浸入他心脾，使他坚确牢固他的愚直么？先生！他自信他自己是一个刚率的人，他也更相信先生比他更刚率十二万分的人，因为有这点点小同，他对于先生是尽量地质言的，是希望先生收录他作个无时、地界限的指南诱导的！先生！你可允许他？"

许广平的内心焦急、苦闷，她觉得自己浑身都是力气，能够随时投入到革命斗争中去，可是又常常觉得这些力气无处释放。她很坦诚地将自己的想法全部告知鲁迅，期望鲁迅能够给她指明方向，她写道："苦闷之果是最难尝的，虽然食过苦果之后有点回甘，然而苦的成分太重了！也容易抹杀甘的部分，在饮过苦茶之后，细细的吮吮嘴唇皮虽然有些儿甘香，但总不能引起人好食苦茶——药——的兴味，除了病的压迫，人是绝对不肯无故去寻苦茶喝的！苦闷之不能免掉，或者如同疾病的不能免掉一般——除了毕生抱疾——但是疾病不是时时刻刻在身边的，而苦闷则总比爱人还来得亲切，总时刻地不招即来，挥之不去。先生！有什么法子在苦药中加点糖分？有糖分是否即绝对不苦？"

少女在懵懂间的情怀是最打动人心的。信送出去后，许广平写信时提起的勇气一下子消失殆尽，当天夜里甚至无法入眠。等待鲁迅回信的时间里，她还在反复回想自己的信中有没有什么不妥之处，生怕自己的语气过于焦急，又纠结着鲁迅会不会回信，会怎样回答她的问题，心中七上八下，紧张懊恼。

在许广平担心、纠结自己直白的语气是否过于突兀而紧张不安的时候，鲁迅已经收到了信，并立刻给她写了回信。鲁迅对于青年学生给予极大的热情与支持，况且对于许广平谈到的那些社会问题，鲁迅也时常感到苦闷，对此他做了详细的回复，谈了很多他自己处事的办法。他的话非常深刻，不只对许广平，对当时许多迷茫的青少年都有很重要的指导作用。

不知道是不是经常宽慰青年学生的原因，鲁迅的开解方式是轻松并带着一丝幽默的。他说人生的长途最易遇到的有两大难关，其一是"歧路"，其二便是"穷途"。面对这些困难，他的做法不是恸哭而返，而是"先在歧路头坐下，歇一会，或者睡一觉，于是选一条似乎可走的路再走，倘遇见老实人，也许夺他食物充饥，但是不问路，因为我知道他并不知道的。如果遇见老虎，我就爬上树去，等它饿得走去了再下来，倘它竟不走，我就自己饿死在树上，而且先用带子缚住，连死尸也决不给它吃。但倘若没有树呢？那么，没有法子，只好请它吃了，但也不妨咬它一口。"

虽然看上去根本没有解决许广平的问题，但是这样以自身为例，加之这样的幽默甚至有点无赖的比喻，我们已经不难想象，许广平看到此处时大概也会忍不住笑出声来。

大概是许广平来信的语气过于焦急，让人一下子就看出她的苦闷与压抑，又许是感到了许广平初次写信的紧张，所以鲁迅回信的语言都是平易近人、轻松有趣的，他说得非常形象："对于社会的战斗，我是并不挺身而出的，我不劝别人牺牲什么之类者就为此。欧战的时候，最重'壕堑战'，战士伏在壕中，有时吸烟，也唱歌，打纸牌，喝酒，也在壕内开美术展览会，但有时忽向敌人开他几枪。中国多暗箭，挺身而出的勇士容易丧命，这种战法是必要的罢。但恐怕也有时会迫到非短兵相接不可的，这时候，没有法子，就短兵相接。"

不过，鲁迅虽然为许广平指引了大的方向，却也自谦的并未确切回答她的问题，关于"糖"的问题，鲁迅说："我想，苦痛是总与人生连带的，但也有离开的时候，就是当睡熟之际。醒的时候要免去若干苦痛，中国的老法子是'骄傲'与'玩世不恭'，我自己觉得我就有这毛病，不大好。苦茶加'糖'，其苦之量如故，只是聊胜于无'糖'，但这糖就不容易找到，我不知道在那里，只好交白卷了。"

鲁迅在信中絮絮叨叨了许多自己面对苦难的办法，但最后总结出来竟还是没有办法，不知道是不是他真的不擅长宽慰人心，但他的这种办法对许广平来说无疑是很管用的。

3月13日一早，忐忑不安的许广平收到了鲁迅的回信。鲁迅当时经常会收到一些青年的来信，出于对他们的关爱，鲁迅大部分都会予以回复。所以对于回信，许广平并不意外，但她没想到速度能如此之快。令她没想到的是，当她激动地打开信，首先映入眼帘竟是"广平兄"三个字。许广平平时多被人称"小姐"或"女士"，还从未被人这样称呼过，何况又是被自己心心念念的师长如此称呼。对此，许广平虽然一开始有些吃惊和手足无措，但心中更多的却是一丝沾沾自喜。能被称之为"兄"，许广平暗暗揣摩其中的意思，觉得这应是非常特殊的。看着鲁迅平易近人的信，她内心的忐忑不安逐渐消退，反而在心里不自觉地拉近了和鲁迅的关系，于是又更加积极主动地回起信来。

看见鲁迅信末所署的日期和她发信在同一天，许广平非常感动，也立即动笔回信。她在信里，首先就提到了鲁迅的称呼问题，"先生吾师，原谅我太愚小了！我值得而且敢配当'兄'吗？不！不！……绝无此勇气而且更无此斗胆当吾师先生的'兄'的。先生之意何居？"

许广平带着受宠若惊和诚惶诚恐的心情问出了"广平兄"的含义，又继续对学校情形、教育现状和人生道路提出了自己的看法和疑问。但因之前鲁迅的平和，她的语气也不自觉地变得俏皮亲切，丝毫不显生疏。

鲁迅仍旧很快回了信，信的开头，他向许广平解释了"广平兄"

的称呼。他说："这回要先讲'兄'字的讲义了。这是我自己制定，沿用下来的例子，就是：旧日或近来所识的朋友，旧同学而至今还在来往的，直接听讲的学生，写信的时候我都称'兄'。其余较为生疏，较需客气的，就称先生，老爷，太太，少爷，小姐，大人……之类。总之我这'兄'字的意思，不过比直呼其名略胜一筹，并不如许叔重先生所说，真含有'老哥'的意义。但这些理由，只有我自己知道，则你一见而大惊力争，盖无足怪也。然而现已说明，则亦毫不为奇焉矣。"

看了鲁迅的解释，许广平非常高兴，感觉荣幸之至，也感到了自己的一点不同——又有哪个女孩子不希望自己尊崇的人待自己与众不同呢？

许广平对鲁迅的不同也是能够看得出来的："'兄'字的意思，不过比直呼其名略胜一筹"与"较为生疏，较需客气"者有别，二年受教，确不算"生疏"，师生之间，更无须乎"客气"而仍取其"略胜一筹"者，此先生之虚以待人欤？此社会之一种形式之必有存在价值欤？敬博一笑。这种"兄"字的称法，若属别人给我的，或者真个"大惊"，唯其是"鲁迅先生"给我的，我实不觉得有什么"可惊"，更不要什么"力争"，所以我说"此鲁迅先生之所以为'鲁迅先生'吾师也欤"的话。

在他们的通信中，鲁迅和许广平讨论了学校的教育问题以及社会黑暗的问题，同样急切的心情让他们的共同话语越来越多，书信来往也越来越密切，从3月11日到4月10日，几乎是三天一封信。当然，他们讨论的问题始终都是关于学校的情况和一些社会问题。鲁迅和许广平都感觉到两人的性情相投，两个人写信的语气也愈来愈放松。许广平也渐渐露出少女俏皮可爱的一面，署名也从原先恭敬的学生变为了"小鬼"。

当然，虽然写信增进了二人的感情，但这时候的鲁迅和许广平仍然维持着单纯的师生友谊。不过，感情这种东西，说不清道不明，就是在不知不觉中就埋下了伏笔，平淡相处的生活才能体现出真正的感情。正如鲁迅自己所说，他们的《两地书》中"既没有死呀活呀的热情，也没有花呀月呀的佳句"。但就是这样的无间交流，为二人的美好故事翻开了动人的篇章。

与子同袍共抗敌

　　1925 年 3 月 12 日，伟大的革命民主先驱孙中山先生因患肝癌医治无效去世，全国人民举国哀悼。孙中山先生为中国民主革命做出了巨大的贡献，他的离世使广大人民悲痛万分。当时的段祺瑞政府迫于民意为其举行国葬，从 3 月 12 日至 31 日，孙中山治丧处共收到花圈七千多个，挽联、挽幅五百余副。前往停灵处吊唁的签名者多达七十四万人，连同其他吊唁者共约二百万人。

　　期间，女师大的学生也想要去悼念孙中山先生，谁知却遭到了校长杨荫榆的阻拦。杨荫榆一向反对学生参加社会政治运动，她思想封建，独断专横，在她看来，孙中山先生从事的是革命活动，她不愿意学生和孙中山有任何联系。杨荫榆的举动无疑是火上浇油，她和学生之间的矛盾日益激化。

　　女师大的矛盾愈发严重，校方和学生之间僵持不下。许广平本就性格火热，再加上有鲁迅的支持与指导，她始终站在这场战争的前端，是优秀勇敢的学生领袖。

　　在她与鲁迅通信后不久，她以"持平"为笔名，在《妇女周刊》上发表文章。3 月 24 日，又署名"正言"在《京报副刊》上发表《评现代评论"女师大学潮"》的文章。她的文章针对《现代评论》一封"一个女读者"给杨荫榆说好话的信件，字字珠玑，有力地驳斥了杨荫榆的种种做法。许广平直爽的性格也因此显露无遗，正如她对鲁迅的信中写的一样："粤地思想较先，故近时所倡之妇女解放，在民元时该处已畅发无余，因之个人亦大受影响，加之先人性俱豪直，故学生亦不免粗犷，又好读飞檐走壁，朱家郭解，助弱锄强，草上霜……之流，更幻想得作剑仙其人者，以杀尽天下不平事。"

这两篇文章写得犀利痛快，不过，鲁迅当时并不知道作者正是许广平，他看了这篇文章后，心中觉得畅快淋漓。直到 3 月 26 日的信中，许广平才向鲁迅说明了这件事："近来满肚子的不平——多半是因着校事。年假中，及以前，我以为对校长事主张去留的人，俱不免各有复杂的背景，所以我是袖手作壁上观的态度。开学后，目见拥杨的和杨的本身的行径实在不由得不叫人怒发冲冠，施以总攻击。虽则我一方面不敢否认反杨的绝对没有色彩在内，但是我不妨单独地进行我个人的驱羊运动。——因此除于前期《妇女周刊》上以持平名义投《北京女界一部分的问题》一文外，复于十五期《现代评论》有一个女读者的一篇《女师大的风潮》，她也许是本校的一位牧羊者，但是她既承认是'局外人'，我就'以子之矛攻子之盾'的放肆的斥驳她一番，用正言的名义——我向来投稿恒不喜重复用一名字。"

许广平向鲁迅吐诉自己的动机，鲁迅看了深有同感，"说起民元的事来，那时确是光明得多，当时我也在南京教育部，觉得中国将来很有希望。自然，那时恶劣分子固然也有的，然而他总失败。一到二年二次革命失败之后，即渐渐坏下去，坏而又坏，遂成了现在的情形。其实这不是新添的坏，乃是涂饰的新漆剥落已尽，于是旧相又显了出来。使奴才主持家政，那里会有好样子。最初的革命是排满，容易做到的，其次的改革是要国民改革自己的坏根性，于是就不肯了。所以此后最要紧的是改革国民性，否则，无论是专制，是共和，是什么什么，招牌虽换，货色照旧，全不行的。"

鲁迅也借此机会向许广平诉说自己的苦闷。虽然鲁迅是老师，许广平常常向他求教，要他指导，但两人的投机使鲁迅放下了心防，开始会向许广平倾诉。他苦闷于对国民改革无从措手，寄希望于他们自己觉悟，自动改良，但往往事与愿违，让他非常痛苦，"我又无拳无勇，真没有法，在手头的只有笔墨，能写这封信一类的不得要领的东西而已。但我总还想对于根深蒂固的所谓旧文明，施行袭击，令其动摇，冀于将来有万一之希望。"

在言语中，鲁迅的失望很明显，甚至对许广平流露出了消极的一面，他说："北京的印刷品现在虽然比先前多，但好的却少。《猛进》很勇，而论一时的政象的文字太多。《现代评论》的作者固然多是名人，看去却显得灰色。《语丝》虽总想有反抗精神，而时时有疲劳的颜色，大约因为看得中国的内情太清楚，所以不免有些失望之故罢。由此可知见事太明，做事即失其勇，庄子所谓'察见渊鱼者不祥'，盖不独谓将为众所忌，且于自己的前进亦有碍也。我现在还要找寻生力军，加多破坏论者。"真实感情的流露，可以看出在鲁迅心中，许广平已不仅仅是他的学生，更是能够理解他的朋友。

之前的信多是许广平失望、苦闷、焦急，鲁迅对她循循劝导，坚定她革命的斗志，这次却反了过来，反倒是许广平激励起鲁迅来了："对于'看得中国的内情太清楚，所以不免有些失望之故……做事即失其勇。'话虽如此，还希望先生本'有不平而不悲观'的精神，领导着奔向大道上。"

因为学生运动和社会风潮的态度不谋而合，再加上两个人的互相鼓励支持，通过通信，许广平和鲁迅的关系迅速升温，两人的默契在不知不觉中就已形成。许广平俏皮可爱的小女生一面也逐渐展现在两人的信中，她的署名从最开始的"学生"到后来干脆署名"小鬼"。鲁迅曾在信中戏言"恐怕于'小鬼'无什么好处"，许广平还特意回复"鲁迅师所赐许成立之名",二人的关系由此可见亲密。

除了通信,鲁迅和许广平只在每周一的《中国小说史略》课程上会有见面,但那对他们的关系发展影响并不大。而这些信件就像是一粒粒种子,种在了两人的心间,只待阳光雨露即可发芽生长。

当然,他们谁也不曾想过彼此如此志同道合,谁也不曾想过日后能走到一起,他们甚至都没有思考个人问题,只是在苦闷的生活中彼此寻求一丝慰藉,寻求一丝发泄。

在那样一个风起云涌的时代,最紧密无间的感情该属战友情。他是她最尊敬的革命导师,她是他最亲密的革命战友,他们有共同的目标,并为此并肩作战。最好的爱情基奠不外如此,与子同袍,岂曰无衣?

上门探视增情谊

　　自许广平给鲁迅写的第一封信起的一个月内，许广平写了六封信，而鲁迅几乎都是当天回信。他们的关系虽然还停留在师生关系，但显然他们的感情已经越来越亲密了。

　　谁也说不清楚，爱情的到来到底需要酝酿多久。许广平和鲁迅一直通信来往，维持着他们难得契合的师生情谊。鲁迅于许广平，始终都蒙着一圈光晕，高大却不疏离。而许广平之于鲁迅，是简单却又最与众不同的学生，爽朗却不失柔软。究竟是谁，推开了爱情的心门？

　　在爱情世界里，女孩子往往更加大胆主动。和鲁迅的关系越来越默契，许广平的心中便有些蠢蠢欲动了。这促使她决定亲自去拜访鲁迅，去亲身体会自己所仰慕的老师的生活环境。

　　当时，受鲁迅的社会地位影响，来拜访他的人很多。鲁迅自己也非常愿意跟青年学生交流，学生们大多是热情并且充满奋斗力量的，鲁迅觉得他们能够互相学习，互相鼓励。不过，那时毕竟是新旧交替的时代，传统封建习俗并未被完全摒弃，来拜访鲁迅的女学生并不多，只有许羡苏和俞芬姐妹等同乡经常造访。所以，许广平的到来对鲁迅来说是突然和意外的。

鲁迅位于西三条胡同的家是一座不大的四合院，正屋坐北朝南共有三间，中间是吃饭及会客之地，两边是住房。东边住的是鲁迅的母亲，人们通常称她"太师母"；西边住的则是鲁迅所谓的妻子朱安，人们尊称她"大师母"。正厅后面向北延伸有一个平顶灰棚，大约十平方米左右，是鲁迅的书房兼卧室。灰棚的北面是一大面玻璃窗，窗外有一个小花园，种着许多花木，还养着几只鸡。院子里最显眼的是两株树，大约就是鲁迅在《秋野》中写到的"一株是枣树，还有一株也是枣树"吧。窗下摆着一张木板搭成的双人床。床边堆放着几个旧箱子。箱子上面的墙上挂着一张素描炭画。紧挨着箱子有一张旧书桌，还有一个旧藤椅和书架，书架上的书被一幅同样破旧的针织品遮挡着。书桌上面的墙上挂着两张照片，一张是日本人藤野先生，另一张是俄国人安特莱夫。床的西边摆着茶几和一张木椅，墙上挂着两幅画和一副对联。两幅画一幅是水彩画，另一幅是图书的封面海报。对联上则写着：望崦嵫而勿迫，恐鹈鴂之先鸣。总之，鲁迅的家简单古朴，却也不失文人风雅。

　　1925 年 4 月 12 日，距离许广平的第一封信正好一个月，许广平邀林卓凤同往鲁迅家。女仆为她们开门，将她们引入后面的灰棚前。那天，北新书局的老板李小峰和后来有名的作家章衣萍正巧也来拜访鲁迅，许广平来的时候，他们正在灰棚和鲁迅聊天，看到有人前来拜访，立刻就请辞离去。许广平对自己的冒昧来访有一点歉意，不过鲁迅热情的态度很快化解了她的尴尬。许广平认真地打量着小四合院的每一个角落，用心地感受着自己敬爱的导师生活的地方。

　　面对鲁迅先生的揭开了神秘面纱的工作室，许广平的心底已然存了一份了然。对于这位知名的导师，许广平一直崇敬有加，她也曾对鲁迅充满了幻想，觉得他该是不食人间烟火的。然而，以她这些日子对鲁迅的了解，已经不难猜到他生活环境的简单与朴素。正如鲁迅平时的衣着，简朴却大方，并时时散发着文人的气息。鲁迅的清苦感染着许广平，他在她心中的距离又拉近了一步。

鲁迅从那书架上方拿出了一个灰漆的多角形铁盒子，从中拿出两块沙琪玛分给她们，又为她们泡了茶。他的体贴不自觉地让人感到亲近，许广平也就不再拘束，三人一起谈论起学校中的人和事。这样面对面的交流，许广平和鲁迅不是没有，每周的中国小说史略课上，他们都会一起讨论问题；这样的对话内容，也不是没有，可以说几乎他们的每封信中都会涉及这些问题。可是，这次的当面谈话却带着一丝与众不同。他们的谈话带着强烈的认同感，许广平的心中不知不觉已起了涟漪。快乐的时光总是特别短暂，还未聊得尽兴，就已快到晚饭时分。许广平和林卓凤还要赶回学校吃晚饭，于是只好匆匆告辞。

这次的拜访十分短暂和匆忙，但对许广平和鲁迅的感情进展却至关重要。许广平见到了鲁迅的"妻子"朱安，若说鲁迅的朴素生活是她早已想到的，那这位大师母朱安则完全出乎她的意料。

朱安其貌不扬，岁月已在她脸上留下了不少痕迹，看上去已显苍老。大约因为没有什么共同话题，鲁迅对她的态度很冷淡，客人来了也并未介绍。朱安一看就是典型的旧式中国妇女，与人说话也显得小心翼翼，大概是扭捏而不爽朗的，这和许广平完全不一样。最主要的是朱安居然还裹着脚，走起路来颤颤巍巍。许广平倒并未歧视，只是觉得不可思议。在她心目中，鲁迅是那样的高大，那样的先进，她怎么也没想到陪伴在他身边的竟是一位旧式妇女。"不般配"是她对朱安的第一感觉，她心目中能够站在鲁迅身边的，必是一位佳人，懂得鲁迅的喜悦与哀愁，能与鲁迅共进退，至少，也该是能跟得上鲁迅的思想的人。而不是像朱安一样，用封建残余来束缚着鲁迅的心。

许广平不知不觉中产生了一丝遗憾与同情，这是之前的她所不曾有过的。鲁迅以前在她的心目中过于高高在上，但此刻开始，许广平更加觉得自己与鲁迅站在了对等的位置。鲁迅过得并不快乐，许广平看得出来，她对这位一直提倡新思想却对自己的妻子无能为力的导师有了怜悯。

回到学校后，许广平想起今日的"冒险"，反而不像在鲁迅家中那样平静，内心激动起来。不过，也许是因心中的这份忐忑与激动，她不知道该如何表达自己，在拜访鲁迅家后，许广平并没有立即给鲁迅写信。反而是鲁迅在许广平拜访后的第三天写信给她。有趣的是，鲁迅对于许广平的拜访居然也只字未提，字里行间甚至都没有透露出一点许广平拜访过的痕迹。不知道是不是经常有学生造访的缘故，鲁迅对她们的来访并未在意？不过，说不定鲁迅也有无法言说的时候，所以只好匆忙地掩盖过内心的一丝波动？

相对于鲁迅表现出的平静，许广平是大大不同的，那种激动的心情维持了好几天，她给鲁迅的回信中写道："'秘密窝'居然探险过了！归来的印象，觉得在熄灭了的红血的灯光，而默坐在那间全部的一面满镶玻璃的室中时，偶然出神地听听雨声的滴答，看看月光的幽寂；在枣树发叶结果的时候，领略它风动叶声的沙沙和打下来熟枣的勃勃；再四时不绝的'多个多个'，'戈戈戈戈戈'的鸡声：晨夕之间，或者负手在这小天地中徘徊俯仰，这其中定有一番趣味，其味为何？——在丝丝的浓烟卷中曲折的传入无穷的空际，升腾，分散，是消灭！？是存在！？（小鬼向来不善推想和描写，幸恕唐突！）。"

不知道是不是因许广平自以为"探险"得十分仔细，以及她轻快活泼的语气，勾起了鲁迅的玩心，他决定要逗一逗她，考她一考。他在信中写道："'小鬼'们之光降，我还没有悟出已被'探险'而去。但你们的研究，似亦不甚精细。现在试出一题，加以考试：我所坐的有玻璃窗的房子的屋顶，似什么样子的？后园已经去过，应该可以看见这个，仰即答复可也！"

鲁迅写信时大概只是玩心突起，他没想到许广平却果真回答得出他的问题，他的心中因此非常感动。

许广平在拜访时就仔仔细细地观察过那个小四合院，那日的印象已经深深地刻在她的脑海。她在信中回答得毫无差错："那'秘密窝'的屋顶大体是平平的，暗黑色的，这是和保存国粹一样，带有旧式的建筑法，在画学中美的研究，天——屋顶——是浅色的，地是深色的，如此才是适合，否则天地混乱，呈不安的现象。在'秘密窝'中，也可以说呈神秘的苦闷的象征，靠南虽然有门口，因为隔了一个过道的房子，所以表现暗的色彩，左右也不十分光亮，唯有前面——北——大片玻璃，这似什么呢？光的一部分就似喇叭口，其余那上下左右和后面就是喇叭管，后面——南——有点光线，喇叭的小口——发音机处——那面横断之亦有光线，从前后沟通之，这是什么解释呢？我摆起八卦阵，熏沐斋戒的占算一下吧！卦曰：世运陵夷，君子道消，逢凶化吉，发言有廖。解曰：喇叭之管，声带之门，因势利导，时然后言，夫人不言，言必有中。这是南无阿弥陀佛救苦救难观世音菩萨亲降灵签，适合于这'窝'的佳兆呢？还是这'窝'的风水好，发出这个应运灵馨的《莽原》呢？那不在本答案之内，就此结束。"

许广平对鲁迅一向非常孺慕，能够回答出老师的问题，她内心颇有一丝扬扬得意。于是扬言为了报复，她又俏皮地反过来要考一考鲁迅："此外小鬼也有一点'敢问'求答的——但是绝非报复的考试，虽然'复仇，春秋大义'，学生岂敢对先生仇而且想复，更兼考呢，罪过，罪过，其实不过聊博一笑耳——问曰：我们教室天花板的中央有点什么？如果答电灯，就连六分也不给，如果俟星期一临时预备夹带然后交卷，那就更该处罚了！其实这题目甚平常而且熟习，不如探险那么生硬，该可不费力吧！敢请明教可也！"

仿佛是许广平调皮的小算计一样，鲁迅接到这封信时已是星期一上午，无论如何都没有时间写好答案在下午上课前交给她。鲁迅只好无奈地认输，自认交了白卷，"这次试验，我却可以自认失败，因为我过于大意，以为广平少爷未必如此'细心'，题目出得太容易了。

现在也只好任凭占卦抽签，不再辩论，装作舌头已经割去之状。惟报仇题目，却也不再交卷，因为时间太严。那信是星期一上午收到的，午后即须上课，更无作答的工夫，一经上课，则无论答得如何正确，也必被冤为'临时预备夹带，然后交卷'，倒不如拼出，交了白卷便宜。"

不难看出，鲁迅的这份无奈中颇有一丝宠溺的味道。

此时，两人信中的语言已与初期的信件大不相同。信任、亲切、俏皮、宠溺，种种感情掺杂在信件的文字之中，从"广平兄"至"小鬼"，以至双方的"测验"，都能够感受到双方的师生感情在不断地升华，他们的沟通话题有时虽沉重，但二人共同的话语却使得彼此的心境愈来愈轻松。不知道对许广平来说，和鲁迅的这份沟通交往，算不算也是她曾想要的苦难中的那点糖分呢？

第二卷

风雨人生贵相知

良师益友解"苦闷"

1925 年 4 月 20 日，距离许广平"探险秘密窝"已逾一周。那天是星期五，是鲁迅在女师大授课的日子，这堂课的授课内容是日本厨川白村的《苦闷的象征》，不过讲义却没能及时印刷出来。

鲁迅像往常一样走上讲台，刚要开始讲课，讲台下却传来了学生"先生，我们好苦闷"的声音。鲁迅还以为是在说《苦闷的象征》，可谁知学生反复说"觉得苦闷"。

鲁迅一头雾水，有些不知所措，还是许广平来为他解了疑惑："先生，今天天气难得的好，我们久困教室，感到苦闷，都想出去看看外面的春光。"

鲁迅这才恍然大悟，对此他颇感为难：毕竟是上课时间，他身为教师，怎么能任意妄为？但是他看着窗外春意盎然的景色，又看着许广平等学生眼中的向往与坚持，最终他下定决心，准备下课，让学生好出去品味春光。

仅仅是下课，学生并不罢休，又提出希望鲁迅带领大家前去。许广平平时和鲁迅已很熟悉，更是带头强烈要求他同去。鲁迅思索了片刻，看着许广平坚定的眼神，看着大家满怀的期望，想到自己的责任与追求，最终，他答应了学生的请求，决定带大家去参观历史博物馆。

学生们听他同意，个个雀跃不已。鲁迅与许广平相互对视，从彼此的眼中看到了信任与喜悦。

许广平自己大概也没料到，这次罢课要求外出能如此顺利，没想到鲁迅能这样容易答应了大家的请求。她想到是自己的带头请求，虽然觉得自己的行为没错，但确实让老师感到了为难，对此她有些不好意思。于是，在当天从博物馆回来的晚上，她就提笔给鲁迅写信，对自己的行为作了一丝辩解。她语气间的亲切溢于言表，"今日讲堂的举动，太不合于 Gentleman 的态度了！然而大众的动机的确与'逃学'和'难为先生'不同，凭着小学生的天真，野蛮和出轨是有一点。回想起来，大家总不免好笑，觉得除了鲁迅先生以外，别的先生，我们是绝对不干的。"

鲁迅对于罢课的事情，很快回复了许广平，语气也颇为风趣："星期一的比赛'韧性'，我又失败了，但究竟抵抗了一点钟，成绩还可以在六十分以上。可惜众寡不敌，终被逼上午门，此后则遁入公园，避去近于'带队'之苦。我常想带兵抢劫，无可讳言，若一变而为带女学生游历，未免变得离题太远，先前之逃来逃去者，非怕'难为''出轨'等等，其实不过是想逃脱领队而已。"

对于这样的解释，许广平却并不满意，因为她看到即使是身为革命导师的鲁迅有时也难免会流露出一些"师道尊严"和"男女有别"的思想。因此，她继续写信揶揄调侃鲁迅道："午门之游，归来总夹杂得胜的微笑，在洋车中直至学校，以至良久良久，更回思及在下楼和内操场时的泼皮，真是得意极了！人们总是求自我的满足的，何尝计及被困者的窘状，其实被困者那天心理测验也尽施行够了！命大家起立，以占是否多数，再下楼迟延，以察是否诚意，然而终竟被'煽动'了！在最新的分数计算，全对就满分，一半对一半错就抵消了一分也没有，如果全失败了（终被煽动了），自不待言是等于零。'六十分'？

太宽了吧！那天何尝'被逼'而'失败'，其实'摇身一变'的法术还未凑上乘，否则变成女先生，就不妨'带队'——其实我的话是岂有此理，男先生'带队'有什么出奇——或者变成女……就不妨冲锋突围而出，可是终于'被逼'。这是界限分得太清的缘故吧？！是世俗积习之不易打除吧？！"

如此犀利的语言，鲁迅自然不肯承认，于是回信辩解道："割舌之罚，早在我的意中，然而倒不以为意。近来整天的和人谈话，颇觉得有点苦了，割去舌头，则一者免得教书，二者免得陪客，三者免得做官，四者免得讲应酬话，五者免得演说；从此可以专心做报章文字，岂不舒服。所以你们应该趁我还未割去舌头之前听完《苦闷之象征》，前回的不肯听讲而逼上午门，也就应该记大过若干次。而我的六十分，则必有无疑。因为这并非'界限分得太清'之故，我无论对于什么学生，都不用'冲锋突围而出'之法也。况且，窃闻小姐之类，大抵容易'潜然泪下'，倘我挥拳打出，诸君在后面哭而送之，则这一篇文章的分数，岂非当在零分以下？现在不然，可知定为六十分者，还是自己客气的。"

对于鲁迅扬言要给许广平"记过"，许广平反而非常得意："'不听讲而逼上午门'，是我们班中的特别本领，请问别的高徒有我们这般斗胆么，听说人家——师大北大——上先生的课，君君子子的，耗子见了猫似的，人们遇着夏日似的，而我们的是有仪可像而不必有威可畏，我们只捧出赤盘的火，和冬天的日相遇，我们感着儿童的天真，现在要'抄袭'起来了！我们是在'母亲的摇篮里'，有什么可怕的呢？来吧！'记大过'快来吧！这是母亲给予孩子的葡萄干呢！多多益善呀！"

鲁迅在信中还戏称许广平为"广平少爷"，没想到却因此引起了许广平的据理力争："现在确乎'力争'的时期到了！忝为'兄'长，行年耳顺，这'的确老大了吧！无论用如何奇怪的逻辑'，'并且'玩羊腺把戏的某某大家，还未令我'还童'以前，则时人怎识余心乐？

竟谓偷闲学少年！而加以‘少爷’二字于老人身上呢，要知道，叫老人造‘小姐’，自然免不了辱没清白，但是尊之为‘少爷’，也觉不得是荣幸的。现时所急需的，就是注重在一撇一捺上打地基，如其舍去了空间呢！自然地基在抛弃之列，那时人们都觉有地基的龌龊范围的可厌了！那么就大家一同毁灭这地基自然更好。现在呢！这地基姑且算是桥梁舟车之类的过渡品吧！至于红鞋绿袜，满脸油粉气的时装‘少爷’，我还是希望‘避之则吉’。先生何苦强人所难，硬派他做个老莱子七十戏彩呢！”

鲁迅也没想到许广平反应如此之大，于是赶紧写信回应她：“本来还要更长更明白的骂几句，但因为有所顾忌，又哀其胡子之长，就此收束罢。那么，话题一转，而论‘小鬼’之假名问题。那两个‘鱼与熊掌’，虽为足下所喜，我以为用于论文，却不相宜，因为以真名招一个无聊的麻烦，固然犯不上，但若假名太近滑稽，则足以减少论文的重量，所以也不很好。你这许多名字中，既然‘非心’总算还未用过，我就以‘编辑’兼‘先生’之威权，给你写上这一个罢。假如于心不甘，赶紧发信抗议，还来得及，但如星期二夜为止并无痛哭流涕之抗议，即以默认论，虽驷马也难于追回了。而且此后的文章，也应细心署名，不得以‘因为忙中’推诿！试验题目出得太容易了，自然也算得我的失策，然而也未始没有补救之法的。其法即称之为‘少爷’，刺之以‘细心’，则效力之大，也抵得记大过二次。现在果然慷慨激昂的来‘力争’了，而且写至九行之多，可见费力不少。我的报复计划，总算已经达到了一部分，‘少爷’之称，姑且准其取消罢。”

此时的许广平与鲁迅，皆是语气调皮，不分长幼，亲密无间的状态已然显露无遗。而爱情最明显的前兆自然是两人的心意相通。在许广平和鲁迅不间断的通信和日常交往中，这对师生已经在他们都不自知的情况下，彼此相知，默契神会。而爱情最美好的时候也不过如此吧，无须过多言语，一言一行，一颦一笑，皆是倾盖如故。

乌云压城迎风潮

正在许广平和鲁迅的关系越来越密切的时候，女师大的风潮也愈演愈烈。

"驱羊运动"发生后，校长杨荫榆在女师大已是人心尽失。孙中山先生去世后，杨荫榆又阻拦学生哀悼，这种举动无疑是火上浇油。

当时时值段祺瑞政府任命章士钊为司法总长兼教育总长。章士钊对青年学生一向苛刻，扬言要整顿学风，为防止学潮蔓延，他颁布禁令，严禁学生纪念"五七"国耻、参加追悼孙中山大会等集会游行。各校学生结队至章士钊住宅前要求见章士钊，但他拒见，学生气愤不已，捣毁他的门窗。军警逮捕了其中的十八名学生。各校学生至执政府请愿，要求罢免章士钊，释放被捕学生，并保障言论集会自由。后来，章士钊请辞身兼各职，在这样的情况下，他也无暇顾及女师大的学潮。而杨荫榆又背靠军阀，依旧嚣张如故。

1925 年 5 月 7 日，国耻纪念日，学生请人来校做报告，杨荫榆想借此来恢复地位，抵制"驱羊运动"。当天，杨荫榆随讲演人一起来到会场，仍以校长身份企图上台主持大会。学生们有礼貌地邀请讲演人入内，而杨荫榆则被学生自治会会长刘和珍和总干事许广平出面阻拦。杨荫榆强行上台后，台下一片嘘声，请她速离开会场。杨荫榆勃然大怒，气急败坏想要惩罚学生，但最终还是被学生轰出会场。

此时的杨荫榆还在垂死挣扎。5月9日，她贴出布告，宣布开除学生会职员张平江、郑德音、许广平、蒲振声、刘和珍、姜伯谛六名学生的学籍。声称她们"不守本分，违背校规，甚至鼓动风潮，妨碍公众学习"，并且"复敢群集守门，阻拦校长到会，并在会场哗噪，扰乱秩序，侮辱师长"，"怙恶不悛，目无法纪，不独自玷性行，实乃败坏学风"，必须"开除学籍，即令出校，以免害群"。

学生会宣布开除无效以示对抗。杨荫榆也不示弱，还以校长身份向六个学生的家长写信，"查本校学生×××，因有种种不法行为，业经评议会议决开除校籍，令其出校"，并要求"贵家长查照饬令回籍"。杨荫榆的这种手法实在是恶毒，使家长接到信都大吃一惊，不知自己家的女孩在学校犯了什么"不法行为"。

杨荫榆的这种做法一下子激怒了女师大的学生。正像鲁迅在《纪念刘和珍君》中写到的一样，"我目睹中国女子的办事，是始于去年的，虽然是少数，但看那干练坚决，百折不回的气概，曾经屡次为之感叹。"这群女学生虽然娇弱稚嫩，但一旦被激怒，其力量也是不容小觑的。

5月11日，杨荫榆贴出开除布告的第三天，女师大全体学生在操场集合，在校门口贴了《行矣杨荫榆》的布告，并以学生自治会的名义将杨荫榆开除出校，希望杨荫榆"以人格为重，幸勿擅入校门"。与此同时，学生们还封闭了校长办公室和杨荫榆的寝室，表示不让她回校的决心。许广平作为学生自治会的总干事一直走在队伍的前端，校长办公室的封条就是她亲自贴上的。学生们还发表了公函，恳请学校的老师出面支持学生，维护校务，主持公道。

女师大的风潮至此一发不可收拾。

在许广平走在轰轰烈烈的运动前端时，鲁迅在她的背后给予了她最大的支持。鲁迅非常积极地支持学生们的正义活动，一面在报刊上发表文章支持，一面和许广平通信给她鼓励和指导。他不但是她的实际支持者，更是她的精神导师。无论遭遇了多少不公，许广平始终坚持给鲁迅写信报告情况，也纾解了自己的心绪。

在被杨荫榆开除的当天，许广平就给鲁迅写信讲述了自己的想法：

在干柴之下抛一根洋火，自然免不了燃烧。五七那天，章宅的事情，和我校的可算是遥遥相对，同在这种"整顿学风"主义之下，生命的牺牲，学业的抛弃，诚然是无可再小的小事，这算什么呢？这总是高压的时代必有的结果。

教育当局也太可笑了！种种新奇的部令。激出章宅的一打，死的死了！被捕的捕去了！失踪的失踪了！怕事的赶快躲起来了！迎合意旨以压迫学生为然的鼓舞起来了！今日——五九——学校牌示开除六人，我自然是早在意中的。当五七那天，在礼堂闹事，杨氏呼唤警察的时候，我心中想，如果真的捕了去，是为大众请命而被罪，而个人始终未有为利淫威屈，我总觉得我的血性还能保持刚生下来的态度，这是我有面目见师长亲友，而师长亲友所当为我庆贺的。这种一纸空文的牌示，一校的学籍开除，是益发令我深一层地领悟到漆黑的遍处皆是，打破的运动，益发令我鼓舞兴起，几千几万无量数的麻绳都变成了毒蛇来侵犯缠缚我来到了呀！我是多么荣幸，在自身得着这种机会，可以试试拿利刃——或者似"小孩脱衣入虎穴"——来相较量。虽则或者不免于牺牲，然而也不算没趣，现在教育部重要人员处和本校都接连开了火，也许波涛汹涌，也许消防队的力量大能够扑灭这种灾情，但是把戏总是有的，无论成与败。

后来，随着女师大学潮的愈演愈烈，有的人开始采取消极观望的态度，有的人甚至被杨荫榆收买，对此，许广平非常失望，情绪低落，她写信向鲁迅诉说了这些：

> 群众是浮躁急不可待的。忍耐不过，众寡不敌，自难免日久变生，越发不可收拾，而且孤立无助，简单头脑的学生，的确敌不过金钱运动背有靠山的"凶兽样的羊"，六人的出校是不足惜的。其如学校前途何?!

> 这一回给我的教训，就是群众之不足恃，聪明人之太多，而公理之终不敌强权，"锲而不舍"的秘诀为"凶兽样的羊"所宝用。

> 牺牲不是任何人所能劝的，放着凶兽样的羊而不驱逐，血气之伦，谁能堪此。

> 然而果真驱逐了么？恐还只有无益的牺牲吧！

> 可诅咒的自身！

> 可诅咒的，万恶的环境。

鲁迅收到许广平的信，立刻就回复了她，不仅赞同了她的观点，还安抚了许广平的情绪：

> 群众不过如此，由来久矣，将来也不过如此。公理也和事之成败无关。但是，女师之教员也太可怜了，只见暗中活动之鬼，而竟没有站出来说话的人。我近来对于黎先生之赴西山，也有些怀疑了，但也许真真恰巧，疑之者倒是我自己的神经过敏。

> 我现在愈加相信说话和弄笔的都是不中用的人，无论你说话如何有理，文章如何动人，都是空的。他们即使怎样无理，事实上却著著（着着）得胜。然而，世界岂真不过如此而已么？我还要反抗，试他一试。

> 提起牺牲，就使我记起前两三年被北大开除的冯省三。他是闹讲义风潮之一人，后来讲义费撤去了，却没有一个同学再提起他。我那时曾在《晨报副刊》上做过一则杂感，意思是牺牲为群众祈福，祀了

神道之后，群众就分了他的肉，散胙。

听说学校当局有打电报给家属之类的举动，我以为这些手段太毒辣了。教员之类该有一番宣言，说明事件的真相，几个人也可以的。如果没有一个人肯负这一点责任（署名），那么，即使校长竟去，学籍也恢复了，也不如走罢，全校没有人了，还有什么可学？

除了写信鼓励许广平，鲁迅还以实际行动支持着她。5月12日，鲁迅在《京报》副刊上发表了名为《忽然想到（七）》的文章，犀利地批判了杨荫榆的行为："一得到可以逞威的地位如校长之类"，"就雇用了'掠袖擦掌'的打手似的男人，来威吓毫无武力的同性的学生们"，"和一些狐群狗党趁势来开除她私意所不喜的学生们"。鲁迅还借此教育学生，要勇敢地面对不法势力，"对手如凶兽时就如凶兽，对手如羊时就如羊""那么无论什么魔鬼，就都只能回到他自己的地狱里去。"

听说杨荫榆给学生家长发信后，鲁迅很是不平，他给许广平信中说："这手段太毒辣了。教员之类该有一番宣言，说明事件的真相，几个人也可以的。"

5月27日，鲁迅联合史学系主任李泰、国文系教师马裕藻、沈尹默、钱玄同、沈兼士、周作人七位女师大教师，起草《对于北京女子师范大学风潮宣言》，由七人签名，发表在《京报》上，为许广平等无辜青年辩驳。除介绍了事情经过外，他还指出"六人学业，俱非不良，至于品性一端，平素尤绝无惩戒记过之迹"，"况六人俱为自治会职员，倘非长才，众人何由公举。不满于校长者倘非公意，则开除之后，全校何至哗然"。他还指责杨荫榆"公论尚在人心，曲直早经显现，偏私谬戾之举，纠非空言曲说所能掩盖也"。这篇宣言不仅在报刊上发表，也寄给了被开除六人的家长，杨荫榆的谎言也因此不攻自破。

许广平对此非常感动，毕竟鲁迅作为一名公职教师，公开支援学生还是有很大的风险。她对鲁迅的感激溢于言表，她给鲁迅写信说道："今日——廿七——见报上发表的宣言，'站出来说话的人'已有了，而且七个之多。在力竭声嘶时，可以算是添了军火，加增气力。但是战线愈加扩充了——《晨报》是这样观察的——来日方长，诚恐热心的师长，又多一件麻烦，思之一喜一惧。"

自古流传下来的俗语"患难见真情"，自有几分道理。还有什么能比被自己尊敬的人大力支持更打动人心呢？此时的鲁迅，不仅仅是许广平的老师，更是她的挚友，是她坚定的支持者。经过此次磨难，他在她心目中变得更加重要，两人的感情也在此后愈加稳固。

患难之中情萌动

　　鲁迅的支持，使许广平充满了感激，对于鲁迅也更加关心。她常常告诉他，要他在支持鼓励学生时也要注意身体，振奋精神。对于这种关心，鲁迅照单全收，接受了她的好意。大约在这个时候，鲁迅就已知道许广平对她来说是不一样的。虽然他还从未开口提及，但他的行动已经渐渐出卖了他的心。

　　许广平与鲁迅之间的关心、理解与支持，并不是单一的，而是双向的。在不知不觉中，他们的感情早已超越了师生感情。他们互相关心，互相支持着对方。在许广平紧张斗争的时刻，鲁迅给予她最大的支持和精神鼓舞，而她也并未因此而忽视鲁迅的感受，也时时刻刻做鲁迅的后盾，做他的解语花。都说在爱情中，女性永远比男性更成熟一点。这大概也多少填补了鲁迅和许广平之间年龄差距的鸿沟。虽然许广平比鲁迅整整小了十七岁，但身为女性，那种细腻、贴心的特质却与生俱来。爱情，只有一个人付出是绝不够的。双方有意，方能持久。

　　因为两人越来越亲密的关系，鲁迅也开始向许广平打开了心扉，开始向她透露出自己或柔软，或无助的一面。他的苦闷、沮丧，也毫不介意地告知许广平，甚至还说出一些"自己看不见光明""寿终正寝"类的话。

鲁迅对许广平的不一般由此不难窥见一二。为了减少青年的负面情绪，与别人接触时鲁迅是几乎不提这些的。能对许广平透露出这样一丝情绪，就足以说明他对她的信任。

许广平虽然和鲁迅有着很大的年龄差距，思考问题的方式和鲁迅也不尽相同，但她用自己的方式来关心安抚着鲁迅。她在信中对鲁迅写道：

读吾师"世界岂真不过如此而已么？我还要反抗，试他一试"的几句，使血性易起伏的青年如小鬼者，顿时在冰冷的煤炉上加起煤炭，红红地在燃烧。然而这句话是为对小鬼而说的么？恐怕自身也当同样的设想吧！但别方面则总接触些什么恐怕"我自己看不见了""寿终正寝"……的怀念走到尽头的话，小鬼实在不高兴听这类话。据小鬼的经验说起来，当我卅岁的哥哥死去的时候，凡在街中见了同等年龄的人们，我就诅咒他，为什么不死去，偏偏死了我的哥哥。及至将六十岁的慈父见背的时候，我在街上更加添了胡子白须的人们只管在街头乞食活着，而我的阿父偏偏死去，又加增一部分的咀（嘴）诅咒。此外，凡有死的与我有关的，同时我就诅咒所有与我无关的活着的人。我因他们的死去，深感出死了的寂寞，一切的一切，俱附之无何有之乡。虽则在初师时凭一时的血气和一个同学呕（怄）气，很傻的吞了些藤黄，终于成笑话的被救。入女师大的第一年，我也曾因得猩红热而九死回生。但这两次自身的教训，和死的空虚，驱策我一部分的哲学，就是无论老幼，几时都可以遇着可死的机会，但是票子未来传到之时，不管三七二十一，我还是把我自身当作一件废物，可以利用时尽管利用它一下子，这何必计及看见看不见，正寝非正寝呢？如其计及之，则治本之法，我以为医学士的判断：1. 戒多饮酒，2. 请少吸烟。

虽然和鲁迅看问题的方式不同，但许广平用自己的方式来抚慰鲁迅，尤其许广平甚至诉说了她父兄去世的痛苦体验，鲁迅无疑是非常感动的。不过他们之间的不同体会，鲁迅自己也思索过原因：

现在老实说一句罢，"世界岂真不过如此而已么？……"这些话，确是"为对小鬼而说的"。我所说的话，常与所想的不同，至于何以如此，则我已在《呐喊》的序上说过：不愿将自己的思想，传染给别人。何以不愿，则因为我的思想太黑暗，而自己终不能确知是否正确之故。至于"还要反抗"，倒是真的，但我知道这"所以反抗之故"，与小鬼截然不同。你的反抗，是为希望光明到来罢？(我想，一定是如此的。)但我的反抗，却不过是偏与黑暗捣乱。大约我的意见，小鬼很有几点不大了然，这是年龄、经历、环境等或不同之故，不足为奇。例如我是诅咒"人间苦"而不嫌恶"死"的，因为"苦"可以设法减轻而"死"是必然的事，虽曰"尽头"，也不足悲哀。而你却不高兴听这类话……

"年龄、环境、经历"的不同，这是他第一次提及两人的差距，也是横亘在他们之间迟早要面对的问题。因为这些差距的存在，鲁迅的心头多少有些郁闷，因此他苦闷的心情并没有因为许广平的劝说而改变。尽管他们思想进步走在革命的前端，但年龄的差距还是影响着他们感情的发展。鲁迅把这些问题也都讲给许广平听：

如来信说，"凡有死的同我有关的，同时我就诅咒所有与我无关的。……"而我正相反，同我有关的（地）活着，我就不放心，死了，我就安心，这意思也在《过客》中说过：都与小鬼的不同。其实，我的意见原也不容易了然，因为其中本有着许多矛盾，教我自己说，或者是"人道主义"与"个人的无治主义"的两种思想的消长起伏罢，所以我忽而爱人，忽而憎人；做事的时候，有时确为别人，有时却为自己玩玩，有时则竟因为希望将生命从速消磨，所以故意拼命的（地）做。此外或者还有什么道理，自己也不甚了然。但我对人说话时，却总拣择光明些的说出，然而偶不留意，就露出阎王并不反对，而小鬼反不乐闻的话来。总而言之，我为自己和为别人的设想，是两样的。所以者何，就因为我的思想太黑暗，但是究竟是否真确，不得而知，所以只能在自身试验，不能邀请别人。

但许广平却仿佛毫不在意一般，仍旧体贴地抚慰鲁迅的心灵，她继续写信劝诫他："自然先生的见解比我高，所以多'不同'，但是不必过于欢迎'阎王'吧！闭了眼睛什么好的把戏也看不见了！幔幕垂下来了！要'捣乱'，还是设法多住些时，褥子下明晃晃的钢刀，用以杀敌是妙的，用以……似乎……小鬼不乐闻了！"

许广平看到鲁迅那些消极的想法，心中焦急万分，再加上有些关于鲁迅厌世的流言蜚语，她更是不遗余力地劝说鲁迅。

鲁迅看到她如此焦急，赶快回复了她："其实我并不很喝酒，饮酒之害，我是深知道的。现在也还是不喝的时候多，只要没有人劝喝。多住些时，亦无不可的。短刀我的确有，但这不过为夜间防贼之用，而偶见者少见多怪，遂有'流言'，皆不足信也。"

虽然鲁迅并未有厌世自戕的想法，但许广平这种无微不至的关心仍然打动着他。许广平在她的心中，本就是天真活泼、大大咧咧的性格，如今却因为一些流言就注意他信中的只言片语，他早已被那片温柔的洞悉深深打动。

他们书信讨论的内容不再仅限于学校风潮和社会问题，也开始涉及双方的生活。双方的称呼也有了很大的改变，对许广平，鲁迅除了称她"小鬼"，还因为杨荫榆以"害群"的名义开除许广平而称她"害马"，有时还称她"少爷"。许广平除了"吾师""先生"外，偶尔还会称鲁迅"我的大师"。那亲昵的语气中，他们彼此爱护、关心，那种微妙的细腻情感、诚挚而动人。

红粉知己许羡苏

女师大封锁杨荫榆的校长办公室后，杨荫榆只好在校外找房子办公。而女师大校内，由于教员和学生的团结配合，一切工作仍然都照常运转，教师准时上课，学生也坚持听课，校内处于相对平静的时期。学生和杨荫榆双方都向社会各界散发大量的声明和感想。女师大学潮暂时处于相持阶段。

6月25日，农历端午节，鲁迅邀请许羡苏、许广平、俞芬、王顺亲四位小姐到家里吃饭。许羡苏和俞芬是鲁迅家的常客，王顺亲则和许广平是同班同学。

这里不得不提一提许羡苏，她是鲁迅身边的女人当中非常值得注意的一位，在鲁迅结识许广平前，二人的关系就已非常亲密。

许羡苏生于1901年，比许广平小三岁，是周建人在绍兴任教时的学生。1920年她随哥哥许钦文来到北京，想要报考北京大学。因北大的学生公寓不收留未入学的学生，她就找到周建人，临时寄住在位于八道湾的周宅。没想到没住几天，许羡苏却意外得到了鲁迅母亲的喜爱。老人都怕寂寞，况且由于口音方面的问题，鲁老太太常常苦于没人与她谈天。她的三个儿子都很繁忙，她身边虽有大媳妇朱安，但朱安不涉世事，他们之间也没有可谈的话题。二媳妇和三媳妇又都是日本人，更是无法聊天。许羡苏不但说一口道地的绍兴话，又因平时接触面广，知道很多绍兴的往事和北京的近事，所以她很能和老太太谈得来。她还帮着鲁老太太采购物品，人又乖巧，她很快就融入了周家的大家庭中。

暑假过后，许羡苏考上了北京女子高等师范学校，要搬到学校去住，鲁老太太非常不舍。所以每逢节假日，许羡苏都还是要到周宅来。1923年，鲁迅与周作人兄弟感情破裂，急需找房搬出。许羡苏主动帮鲁迅介绍，让他暂时住在砖塔胡同的俞芬家。俞芬是许羡苏的同学，也是周建人的学生。这替鲁迅解了燃眉之急。不止如此，周家的事，只要能帮到忙，许羡苏就像一家人一样不遗余力去做。

鲁迅也把许羡苏当作一家人，许羡苏的要求他都尽量满足。许羡苏相当新潮，考入女高师后，因一头短发差点被校长推出校门，还是鲁迅和周作人为她转圜，她才得以顺利入学。鲁迅当时在女师大和北师大兼有课程，许羡苏想转学鲁迅也亲自为她推荐办理。

许羡苏就像是这个家庭的成员一样，不但和老太太聊天，也做家务，有时还和鲁迅一起在后园种植花草。她会做绍兴菜，老太太对此赞不绝口。而且，鲁迅家的布料、针线，甚至洗衣皂、头油等日常用品都由许羡苏采购。她还了解每个人的口味，根据大家的喜好来购买一些食品，深受大家喜爱。鲁迅一家搬进西三条21号后，许羡苏和俞芬是鲁迅家常客，而且因为都能说绍兴话，她们特别得到老太太的青睐。每逢节假日，许羡苏就住在鲁迅家南屋里。许广平住进南屋前的那个暑假，许羡苏就一直在那里居住。

许羡苏对鲁迅家人的关心也是无微不至的。鲁老太太或者朱安生病，她总是陪同她们去医院，或者替她们去日本人开的山本医院请医生。许羡苏渐渐成为这个家庭中不可缺少的一员。如果鲁老太太能重新再选一次媳妇，想必她必定要选许羡苏无疑。这让许广平也从心底羡慕，有一次，许广平来拜访时，正巧一家人吃完饭闲谈的时候，鲁迅躺在他最爱的藤椅上，鲁老太太坐倚在床上，朱安则坐在门边的椅子里抽水烟，许羡苏坐在鲁迅与鲁老太太之间，一边聊天一边教鲁老太太打绒线。如此温馨和谐、其乐融融的场面，让许广平羡慕不已。

许羡苏对鲁迅更是关心、体贴。如果鲁迅咳嗽了，她立刻就会非常关切：要不要上街去买咳嗽药水？如果鲁迅胃痛了，她就着急地问：要不要灌个热水袋暖暖胃部？有一次，鲁迅病倒了，许羡苏始终在他身旁照应。鲁迅发热，却不肯上医院，她内心焦急，就主动要去请山本医生。鲁迅实在拂不过，这才及时找医生就诊。"三·一八"惨案后，执政府明令通缉鲁迅，鲁迅为此四处离家避难。在这期间，许羡苏不间断去看望、照顾他，是鲁迅和家里唯一的联系人。鲁迅也常常想着她。有一天，鲁迅买了日本水果糖，学生见了就抢着抓，鲁迅说："给羡苏留一点吧。"

这世上最妙不可言的就是缘分二字。俗话说，要在对的时间遇见对的人。可见，两个人遇见，于早于晚并无太大的关系。重要的是，敲开对方心扉的人，究竟是谁。除却朱安，鲁迅身边还是有很多亲近的人，就如相识更早的许羡苏，但最终能和鲁迅走到一起的却只有许广平。这大概就是缘分最奇妙的地方。

鲁迅和许羡苏彼此就像家人一样，很难说如果没有许广平，她们有没有可能走到一起。但这个问题无法假设，缘分来的时候，是挡也挡不住的。

但鲁迅待许广平，终究是不一样的。在这次端午节的聚会上，许羡苏和许广平孰轻孰重，已见分明。

端午小聚现端倪

　　端午节那天的聚会上，许广平和几个女孩子很快聊到了一起，彼此熟稔起来，一片欢声笑语。俞芬也是常客，与鲁迅相当熟悉，就开始对他劝酒。许广平就和王顺亲也跟着起哄，向鲁迅劝酒。鲁迅自己也借酒尽兴。

　　也许是酒喝得太猛，鲁迅已经有点醉了，不过嘴里却不服输。几个姑娘也不懂这些，仍旧是劝，甚至搬出鲁老太太来激将鲁迅。鲁迅醉后借着酒力，用"拳"打俞芬，还按了许广平的头。此时的鲁迅和许广平虽然关系仍然停留在师生关系阶段，但两人的熟稔却隐藏不掉。爱情的流露往往就是这样，不是什么山盟海誓，甚至不需一言一语，只需一个不经意的动作，一切就已明了。他们的感情也将就此掀开新的篇章。

　　许广平对鲁迅如此的动作，心中颇不平静。虽然她和鲁迅已渐渐熟悉，但这样亲密的接触是没有的，她更加感受到鲁迅的率真亲和。鲁迅对许广平的亲昵，在不知不觉中就表现了出来。

　　不过，许羡苏却认为这样闹得太过分，愤然离席，许广平等人也只好告辞。

　　事后，鲁迅给许广平写信的时候，笔调轻松，写了一段训词，其中详尽地说明了端午节那天席间的状况，由此不难看出两人的亲昵感情：

你们这些小姐们，只能逃回自己的窠里之后，这才想出方法来夸口；其实则胆小如芝麻（而且还是很小的芝麻），本领只在一齐逃走。为掩饰逃走起见，则云"想拿东西打人"，辄以"想"字妄加罗织，大发挥其杨家勃谿式手段。呜呼，"老师"之"前途"，而今而后，岂不"棘矣"也哉！

不吐而且游白塔寺，我虽然并未目睹，也不敢决其必无。但这日二时以后，我又喝烧酒六杯，蒲桃酒五碗，游白塔寺四趟，可惜你们都已逃散，没有看见了。若夫"居然睡倒，重又坐起"，则足见不屈之精神，尤足为万世师表。总之：我的言行，毫无错处，殊不亚于杨荫榆姊姊也。

又总之：端午这一天，我并没有醉，也未尝"想"打人；至于"哭泣"，乃是小姐们的专门学问，更与我不相干。特此训谕知之！

此后大抵近于讲义了。且夫天下之人，其实真发酒疯者，有几何哉，十之九是装出来的。但使人敢于装，或者也是酒的力量罢。然而世人之装醉发疯，大半又由于倚赖性，因为一切过失，可以归罪于醉，自己不负责任，所以虽醒而装起来。但我之计划，则仅在以拳击"某籍"小姐两名之拳骨而止，因为该两小姐们近来倚仗"太师母"之势力，日见跋扈，竟有欺侮"老师"之行为，倘不令其喊痛，殊不足以保架子而维教育也。然而"殃及池鱼"，竟使头罩绿纱及自称"不怕"之人们，亦一同逃出，如脱大难者然，岂不为我所笑？虽"再游白塔寺"，亦何能掩其"心上有杞天之虑"的狼狈情状哉。

今年中秋这一天，不知白塔寺可有庙会，如有，我仍当请客，但无则作罢，因为恐怕来客逃出之后，无处可游，扫却雅兴，令我抱歉之至。

虽然和鲁迅经常通信，已十分熟悉，不过那时的许广平与鲁迅的关系并不如许羡苏亲密。端午节第二天，许羡苏见到许广平，还特意告诫她：这样灌酒会酒精中毒的，而且先生可喝多少酒，太师母订有戒条。因此许广平在给鲁迅的信中"诚恐惶恐的赔罪"不已。

端午节闹酒，许羡苏表示抗议而离去，事后又发出"酒精中毒"的警告，她对鲁迅的关爱溢于言表。但鲁迅对此却并不以为意，反而写信安慰起许广平来。鲁迅对许广平的特殊之处，也由此可见。他写信告诉许广平说：

昨夜，或者今天早上，记得寄上一封信，大概总该先到了。刚才接到二十八日函，必须写几句回答，便是小鬼何以屡次诚恐惶恐的赔罪不已，大约也许听了"某籍"小姐的什么谣言了罢，辟谣之举，是不可以已的。

第一，酒精中毒是能有的，但我并不中毒。即使中毒，也是自己的行为，与别人无干。且夫不佞年届半百，位居讲师，难道还会连喝酒多少的主见也没有，至于被小娃儿所激之？！这是决不会的。

第二，我并不受有何种"戒条"，我的母亲也并不禁止我喝酒。我到现在为止，真的醉只有一回半，决不会如此平和。

然而"某籍"小姐为粉饰自己的逃走起见，一定将不知从那（哪）里拾来的故事（也许就从"太师母"那里得来的）加以演义，以致小鬼也不免赔罪不已了罢。但是，虽是"太师母"，观察也不会对，虽是"太太师母"，观察也不会对。我自己知道，那天毫没有醉，并且并不胡（糊）涂，击"房东"之拳，按小鬼之头，全都记得，而且诸君逃出时可怜之状，也并不忘记，——虽然没有目睹游白塔寺。

所以，此后不准再来道歉，否则，我"学笈单洋，教鞭17载"，要发宣言以传布小姐们胆怯之罪状了。看你们还敢逞能么？

鲁迅信中"大约也许听了'某籍'小姐的什么谣言了吧",这个"某籍"小姐自是指许羡苏,还特别强调"酒精中毒是能有的,但我并不中毒,即使中毒,也是自己的行为,与别人无干"。

许羡苏对他的这种关心,鲁迅并不是不知道,但特意在此撇清,与许广平解释,大概就别有一番心思在其中了。

这番情谊,许广平大概也是能够体会得到的,大概此时的她已经接受了鲁迅的这份情谊。她还嘲笑鲁迅道:"老爷们想'自夸'酒量,岂知临阵败北,何必再'逞能'呢!?这点酒量都失败,还说'喝酒我是不怕的',羞不羞?我以为今后当摒诸酒门之外,因为无论如何辩护,那天总不能不说七八分的酒醉,其'不屈之精神'的表现,无非预留地步,免得又在小鬼前作第三……次之失败耳,哈哈。其谁欺,欺天乎。"

她与鲁迅信件中的语气也越来越轻松,还戏称鲁迅为"大老爷":"屡次提起酒醉,非'道歉'也。想当然也。'真的醉只有一回半',以前我曾听说过,喝烧酒未喝过两杯,那天两种酒之量,一加一又二分之一,是逾量了。除了先前的一,虽未逾量也算八九不离十了。虽提出第一二之大理由,但是醉字决不能绝对否认。这次算一回呢,算半回呢,姑且作悬案,俟有工夫时复试罢。但是,要是我做主考,宁可免试,因为实在不愿意对人言不顾行。'一之为甚,其可再乎?''逞能'一时,贻害无穷,还是牺牲点好。现在我还是'道歉',那天确不应该灌醉了一位教育部的大老爷,我一直道歉下去,希望'激'出一篇'传布小姐们胆怯之罪状'的'宣言',好后先比美于那篇骈四俪六之洋洋大文,给小鬼咿呀几下,摇头摆脑几下,岂不妙哉。"

如果说许广平第一次拜访鲁迅使两个长期通信的人关系更进一步,那这次端午宴席则使两人的关系更上一层楼。两人的师生及年龄的差距,在两人的相处中逐渐被拉近。此后,1925 年 7 月,许广平总共去了鲁迅家五次，写信六封，平均两三天就联系一次。以往鲁迅与许广平通信，鲁迅多称她为"广平兄"，信末则署名"迅"或"鲁迅"；许广平一直称鲁迅为"鲁迅师"，信末则署"学生许广平"或"小鬼许广平"。但这次宴会后，两人的称呼更加亲近。

7月9日，鲁迅给许广平写信："广平仁兄大人阁下敬启者，前蒙投赠之大作，就要登出来，而我或将被作者暗暗咒骂，因为我连题目也改换，而所以改换之故，则因为原题太觉怕人故也。收束处太没力量，所以添了两句，想来亦未必与尊意背驰，但总而言之：殊为专擅。尚希曲予海涵，免施贵骂，勿露'勃豀'之技，暂羁'害马'之才，仍复源源投稿，以光敝报，不胜侥幸之至！"

信中，鲁迅不止称许广平为"兄"，还戏称"大人""阁下"，这种不分长幼的做法却正是二人熟悉亲切的证据。许广平对这样的称呼也好不客气，反而顺势称鲁迅为"嫩弟手足"，信末则署名"愚兄手泐"：

嫩弟手足：披读七、九日来札，且喜且慰。缘愚兄忝识之无，究疏大义，谬蒙齿录，惭感莫名。前者数呈贱作，原非好意，盖目下人心趋古。好名之士，层出不穷。愚兄风头有心，而出发无术，倘无援引，不克益彰。若不"改换"，当遗笑柄，我嫩弟手足情深恐遭牵累，引已饥之怀，行举斧之便，如当九泉，定思粉骨之报，幸生人世，且致嘉奖之词，至如"专擅"云云，只准限于文稿，其他事项，自有愚兄主张，一切毋得滥为妄作，否则"家规"犹在，绝不宽容也。

嫩弟近来似因娇纵过甚，咄咄逼人，大有不恭之状以对愚兄者，须知"暂羁""勿露"……之口吻，殊非下之对上所宜出诸者，姑念初次，且属年嫩，以后一日三秋则长成甚速，决不许故态复萌也，戒之念之。

此后，许广平一直称鲁迅为"嫩弟"或"嫩棣棣"，信末署名"愚兄手泐"。手泐是手书之意，一般用于长辈对小辈或者平辈之间。"嫩弟""嫩棣棣"则是许广平和鲁迅的玩笑话，在端午节以后的书信往来中，这样没大没小的玩笑有相当多。

在 1925 年 6 月 19 日信中，许广平摘录了鲁迅给她的信中的一些段落。7 月 13 日，许广平又寄来《罗素的话》，是摘录罗素《中国之问题》的段落而成。于是，7 月 15 日，鲁迅附上一方简报，在广告边上的空白处写道："'愚兄'呀，我还没有将我的模范文教给你，你居然先已发明了么？你不能暂停'害群'的事业，自己做一点么？你竟如此偷懒么？"许广平起初接到这块剪报，横看竖看，左思右想，鲁迅意欲如何。后来从鲁迅写的话中，才了解到鲁迅觉得她摘编他人的文章是偷懒，"自己做一点"才好。

对此，许广平回复鲁迅：

嫩棣棣：

你的信太令我发笑了，今天是星期三——七、十五——而你的信封上就大书特书的"七、十六"。小孩子是盼日子短的，好快快地过完节，又过年，这一天的差误，想是扯错了月份牌罢，好在是寄信给愚兄，若是和外国交涉，那可得小心些，这是为兄的应该警告的。还有，石驸马大街在宣内，而写作宣外，尤其该打。

其次"京报的话"，太叫我"莫名其妙"了，虽则小小的方块，可是包含"书报"，"声明"，"招生"，"介绍"，"招租"，"古巴华侨界之大风潮"。背面有"证券市价"，"证券市况"，"昨日公债市价涨落之经过""上海纱价高涨不已""沪提运栈货会成立""华侨商会联合会成立""青岛最近之煤油业""工大京外宣传之近讯"(一张红行纸粘好又割开，使左右都有红行纸，是何道理呢？)……真可算包罗万象，五光十色了。惭愧，愚兄没有站立街头看路过的男男女女而用冷静的眼光抉择出来的本领。那么，"京报的话"，岂非成了"废话"也哉。是知嫩棣棣之恶作剧，未免淘气之甚矣。姑看作"正经"，大约注重在习作谦之伟绩，（但是广告栏的剪裁何为者？故设迷人阵乎，该打！）以渠作象征人物乎。如此也真可谓小题大作（做）。这种"古已有之"的随处皆是的司空见惯的写实派，实在遍地皆是，嫩棣入世较浅，故惊讶失措耳。

他们在信件中的语气越发亲昵活泼、揶揄调侃。未有谈情说爱却早已胜过知己。鲁迅说："人生得一知己，足矣。斯世，当同怀视之。"当灵魂相融无间，当师生跨越年龄与阅历的鸿沟成为知己，已是世间幸事，而知心与爱人又有多远？

第 三 卷

敌忾同仇共患难

避风港湾寻守护

话说章士钊请辞后，执政府极力挽留，为召请他回来复职，执政府还将其住宅修缮一新，章士钊这才复职。重新当上教育总长后，章士钊就大施虎威，对于女师大的学潮，他公然地站到了杨荫榆的一边，女师大原本相持不下的形势又骤然紧张起来。

杨荫榆又重新嚣张起来，她迫不及待地想要结束这场旷日持久的"驱羊运动"。

7月29日，杨荫榆借口校舍需在暑假中大修，贴出布告，强令学生搬出学校，目的是使学生无处归宿、不能聚集在校内反对她。7月31日夜间，她又贴出布告，宣布解散学生自治会。

7月31日杨荫榆亲自去教育部拜见章士钊，呈报解散闹事最坚决的四个班：预科甲部、预科乙部、国文系三年级和教育预科一年级，章士钊当即表示同意。杨荫榆知道这措施一定会遭学生反对，为防止外校支援，她当天又致函警察厅寻求帮助："敝校此次因解决风潮改组各班学生，诚恐某校男生来校援助，恳请准予八月一日照派保安警察三四十名来校，借资防护。"警察厅已得到执政府的默许，同意派人。

8月1日早晨，杨荫榆在数十名警察的簇拥下，突然包围并占领了学校，并把守着大门，试图切断学校和外界的一切联系。她带了少量办事人员，封闭教室，强令学生离校。但学生们不从，于是警察与学生扭打成一团，许广平冷静下来趁混乱挤出校门到学生联合会去求援兵，还有几个同学也挤出去向兄弟院校学生会告急。下午，接到消息的各高校学生和家长纷纷前来支援。但大门紧锁，他们进不去，里面的学生也出不来。于是，学校门口汇集的人越来越多。这时，许广平挺身而出，她召集大家一起砸锁毁门关闭电灯："迫令燃点蜡烛，并且封锁大门，杜绝出入，倘有失火，连逃命都有问题。为自卫计，大家毁锁开门！"在许广平的带领下，同学们终于砸开了铁门。杨荫榆一见情况不妙，马上溜之大吉。军警的气焰这才稍缓，不过仍围着学校，守着铁门。此时，校内已断电断水，情况不容乐观。

此时的鲁迅根本没料到会发生这样的事件，他忙着教育部的工作。直到傍晚时分，许广平的同班学生吕云章来找鲁迅告知了他女师大的情形。杨荫榆封锁消息，就是想制造舆论，以维护自己的利益和地位。女师大的学生意识到了这点，于是希望能请来几位师长为学校的学生作证，以遏制杨荫榆散布的谣言。大家立刻想到了鲁迅，尤其是许广平，她非常期望在此时得到鲁迅的支持。鲁迅也十分担心学生们，尤其是许广平的安危，一听到吕云章带来的消息就立即赶往女师大。

鲁迅连夜来到学校门口时，学校铁门外仍然站满了密密麻麻的军警，不让里面的学生出来；铁门内有很多女学生也排着队把守着大门，以防杨荫榆的人再进校门。鲁迅对校外军警的行为非常不屑，不过，见到校内女学生为了守护学校斗志昂扬，内心非常欣慰。警察阻拦鲁迅走进铁门，鲁迅非常生气地说："我是这所学校的教师，为什么不可以进去？！"他一口蓝青官话，警察们听不大懂，又不知道他有什么来头，于是只好放他和吕云章进去。

同学们一见到鲁迅，就像遇到委屈的小孩见到亲人一样，一下子流下泪来。学生们连忙向鲁迅报告学校的情况，告知他学校大门原本是被锁链锁住的，学校又断水断电，若是发生了火灾，大家根本逃不出去。于是在许广平带领下，大家砸断了锁链，其他兄弟学校的同学才终于冲进来和学生们共同守护学校。鲁迅听了，看了眼人群中的许广平，四目相对，许广平的眼里也噙着泪水，鲁迅冲她非常轻微地点了点头。

鲁迅决定今晚住在教务处办公室内，为学生作证，以拆穿杨荫榆的"男女学生混杂"的谣言，为女学生们壮胆，同时以便随时帮学生们处理事情。同时住教务处的，还有另外几个被请来的教师，学生们还请来有声望的妇女来学校当临时舍监。鲁迅拿着蜡烛，巡视全校，维持秩序。大家一夜未眠，秉烛待旦，并连夜草拟宣言，揭露杨荫榆和章士钊互相勾结，武装封锁女师大的行为。这份宣言于8月3日向社会各界发表，内容包括：杨荫榆、章士钊无事兴风，直接影响救国运动，间接为武装军阀，为帝国主义者张目；驱逐章、杨二贼，即为肃清我国教育界之内奸，坚固我被压迫民众救国运动之壁垒；决行组织"校务维持会"，以便校务之进行。

杨荫榆自以为计谋得逞，继续逼迫学生。

8月2日，杨荫榆下令学校全体职员离校，厨房因此断炊，学生只能靠各校支援的食品充饥，学校处于瘫痪状态。8月3日，她又发表《致各界声明书》，把这次事件的责任推卸到学生身上。8月6日，章士钊在国务会议上递交了《停办国立北京女子师范大学呈文》，提请停办女师大，当即通过。8月7日，女师大内由教师公推的九名教师代表以及由学生公推的十二名学生代表，组成了校务维持会，主持学校一切事物。校务维持会的主要任务是拒绝解散令，驱逐章、杨，并请社会上热心教育人士来共同维持。鲁迅和许广平都被推选，如果说以前的鲁迅与许广平只是一人战斗，一人支持，那么这次他们真正地站在了一起，站到了革命斗争的前沿，是真正意义上的并肩作战。

8日，杨荫榆又在报上刊登出《女师大启事》，声称刘和珍、许广平等十五名学生"恣意扰乱，极端破坏"，要家长"从速来校领回该生即日出校"，还想要要派警察押送她们。校内的气氛骤然紧张起来。

许广平身为学生自治会的干部，又一直站在斗争的前沿，是反动当局特别注意的目标，处境非常危险。许广平在北京并无亲友，她四处躲藏，无处可去。鲁迅十分担心许广平，四处寻找她，希望给她帮助。以许广平当时和鲁迅的亲密关系，她在走投无路时首先想到的也自然是鲁迅。可是，她犹豫了。如今形势紧张，鲁迅为了支持学生运动已经心力交瘁，她实在不想再给鲁迅添麻烦。然而，当局的动作使很多同学心生忌惮，不肯招待。许广平实在走投无路，最终还是来到了鲁迅家的门前，鲁迅毫不犹豫地就伸出了援助之手。许广平《鲁迅回忆录》里写道：

记得那时，我眼看着同学们象货物一样被拖走，象（像）罪犯一样被毒打，痛哭失声，惨无人道的这一幕活剧之后，即离开女师大，跑到学生联合会告急。连夜开紧急会议，向各界呼吁。当时，章（士钊）杨（荫榆）不顾青年学生离乡来京远道求学的渴望，惟（唯）恐拔不掉这几根眼中钉，惟（唯）恐学生"啸聚学校"（他们的话），不易达到解散学校的目的，于是又设法叫两个警察押一个。押解被开除的六个学生回籍的计划传出。试想：这六个学生，为了学校之事，却要活演"林冲押配沧州"的一幕！如果真个实现出来，乡亲和家长们，还以为她们想是犯了什么滔天罪行呢！在旧社会内，遭到这种不平的待遇，能设想它的后果吗？这种倒行逆施，能不叫稍有正义感的人气愤？！正当学生们在补习学校义愤填膺的时候，我们在校外奔走活动的几个人，也正走投无路。平日过从很密的亲友、同学，很多都怕惹事，拒绝招待了。这时候只有鲁迅挺身而出，说："来我这里，不怕！"如是，我就在现今故居的南屋，和老同学许羡苏住在一起，躲过了最紧急的几天。事后曾经听说，有几个警察也来过西三条胡同，但都被鲁迅坚决顶回去了。

　　许广平当时的心情是不言而喻的。她一看到鲁迅就忍不住掉下了眼泪，这是她在人生最黑暗的时候唯一的一盏明灯。在一个人最迷茫无助的时候，哪怕众叛亲离，但只要心底最亲近的那个人不离不弃，即使只有一个人信任与支持，那已足够。

风波未平遭苦难

　　章士钊对女师大风潮迟迟不予处理，他利用杨荫榆的恋栈之心，支持她压迫学生，实则是在暗中布置，要他自己的夫人吴弱男来做校长。他解散女师大也是在为夫人做校长做准备。看到鲁迅支持学生，章士钊还派人跟鲁迅说："你不要闹，将来给你做校长。"谁知鲁迅不予理会，于是章士钊于 8 月 12 日请求执政府撤换鲁迅教育部佥事一职，以泄私愤。该文声称："本部佥事周树人，兼任国立女子师范大学教员，于本部下令停办该校以后，结合党徒，附和女生，倡设校务维持会，充任委员。似此违法抗令，殊属不合，应请明令免去本职，以示惩戒。"

　　鲁迅在当天的日记中写道："我之免职令发表。上午裘子元来。诗荃来。季市、协和来。子佩来。许广平来。午后长虹来。仲侃来。高阆仙来。下午衣萍来。小峰、伏园、春台、惠迭来。潘企莘来。徐吉轩来。钦文、璇卿来。李慎斋来。晚有麟、仲芸来。夜金钟、吴季醒来。得顾颉刚信。"

　　听到鲁迅被免职的消息，引起强烈反响，大家颇为吃惊，纷纷写信致意并去鲁迅家安慰。对于章士钊的举动，鲁迅早有思想准备，因而表现得很平静。他对来访者仍然谈笑风生，说："这次章士钊的举动，我倒并不为奇。其实我也太不像官，本该早被免职的了。"他还说："我看章士钊也是不得已。出面的是章士钊，其实黑幕中大有人在。"

鲁迅被撤职的那天，许广平也曾去慰问鲁迅。看着鲁迅日益消瘦的脸，想着鲁迅为女师大的事受的苦，她从内心希望能为鲁迅分担，即使做些抄稿、校对、整理书籍，甚至糊信封之类的事也好。鲁迅听到许广平的想法，看着她沾满泪水的脸，内心涌出一股感动。男人的真情，不论多么冷静，在女人遭受困难时最容易流露；女人的一颗心，即使心灰意冷，在她走投无路的时候也最容易被温暖；而从未言明的感情，日日相处，必定突飞猛进。对于站在女师大风潮前线的许广平和鲁迅来说，世事艰难，没有什么比两个人日日相处、相互排解支持，更能安慰人心。在此时此刻，两人的感情彼此已经心照不宣了。

章士钊将鲁迅撤职的事情，在社会震动很大，很多正直的知识分子都强烈反对章士钊的这种行径，并做出反抗。同在教育部工作的许寿裳和齐寿山联合发表声明："本月十三日突将佥事周树人免职，事先既未使次长司长闻知，后又不将呈文正式宣布，秘密行事，如纵横家，群情骇然，以为妖异。"还宣布："自此章士钊一日不去，即一日不到部，以明素心而彰公道。"这种做法得到了教育部内许多人的支持，都纷纷效仿，提出辞职，以示抗议。

不过，章士钊的做法更加坚定了鲁迅支持学生的决心，为了揭穿老虎的假面目，鲁迅还决定起诉。这场诉讼曾轰动一时。状告自己的上司，鲁迅的做法无疑是大胆勇敢的。后来，平政院经裁决，认为章士钊的明令"确与现行法定程序不符""答辩各节并无理由"，原命令"系属违法，应予取消"。为了革命的胜利，鲁迅义无反顾，更是得到了许广平的钦佩和仰慕。

8月17日，教育部将女师大改组为国立北京女子大学，杨荫榆被免职，章士钊自己担任女子大学筹备处处长。8月19日，教育部专门教育司司长刘百昭在女师大校门口挂上了"北京女子大学筹备处"的木牌，并带领军警，企图赶走学生，以武装手段接收女师大。学校学生与各高校代表与刘百昭展开辩论，使刘百昭的计谋未能够得逞。混乱之中，刘百昭狼狈而去，"北京女子大学筹备处"的招牌也被摘下。

但刘百昭不肯善罢甘休，20日上午，他带领警察和流氓、打手二三百人冲进学校，翻箱倒柜，将学生自治会的文件和书信席卷一空。22日上午，刘百昭重新在校门口挂上"北京女子大学筹备处"的木牌，并派军警守护。女学生们奋起反抗，但终究抵抗不了军警和流氓的拖拉，有的直接被捆绑起来扔到事先准备好的汽车上，最终被强行送到报子街补习科房舍里"听候改编"。25日，执政府又发布由章士钊起草的《整顿学风会》，颠倒是非，混淆视听，企图进一步压迫学生运动。

教育部决定将女师大改编为女子大学后，许广平已没有必要继续躲藏在鲁迅的家里，就回到学校，坚持参与了女师大的毁校、护校斗争。

携手抗争初胜利

当许广平避居在鲁迅家时，并不是完全消极躲避，而是携手鲁迅共同参与抗争，两人的情谊更是突飞猛进。

自 8 月 14 日章士钊宣布撤换鲁迅教育部佥事职务后，鲁迅向市政院控告章士钊行为的非法，并更加全力以赴地支持女师大的学生运动。

8 月 15 日起，鲁迅几乎每天都参加女师大的维持会。同时，鲁迅向社会披露章士钊的面目，撰文驳斥陈西滢等人对他本人以及女师大学生运动的攻击。8 月 26 日，鲁迅还去德华医院看望和慰抚因勇敢护校而被刘百昭率打手打昏的学生李桂生。

女师大的校务维持会表示不承认教育部关于改组女师大为女子大学的决定，并向社会各界募款，寻求支持。校务维持会在南小街宗帽胡同找到一处临时校舍，这本是一处宅院，并不大，条件很差。但大家不畏艰难，成立临时校舍，并聘定任课教师。很多教师拒不接受改组后女子大学的聘书，愿意来义务讲课已表支持，鲁迅也愿意义务任课，还表示要增加一倍课程。在鲁迅的带领下，大家的热情空前高涨。新学期伊始，女师大像往年一样继续招收新生。鲁迅亲自参加了试题拟定、监考和阅卷的工作。开学典礼上，大家非常激动，鲁迅讲话说："我相信被压迫的决不致灭亡，但看今天有许多同学教员来宾，可知压力是压不倒的。"鲁迅始终坚决支持学生运动，许广平是学生运动中的核心人物，女师大在临时校舍的复课、招生，不仅是鲁迅与许广平的胜利，更是女师大全体师生取得的重大胜利。听着鲁迅的话，历经苦难的许广平更加坚定了同反动势力斗争的决心。

从临时校址宗帽胡同到西三条鲁迅的家，步行不过十多分钟，许广平经常去鲁迅家。在此期间，他们往来频繁，几乎天天都在一起，两人的感情更进一步。后来鲁迅由于长期的疲劳病倒，许广平更是无微不至地关心、照顾他。斗争仍在持续，但只要能并肩作战，共同取得胜利，那么，一切困难都不再算是困难。对于鲁迅和许广平来说，只要两个人在一起，危机也好，磨难也罢，都不再是生活的艰难考验，而是对深厚感情的培养。

1925年8月至11月，民主革命运动高涨，人们的爱国斗争热情也随之高涨，纷纷游行集会，要求打倒军阀。女师大的教师们发表《反对章士钊宣言》，学生也几乎每星期都组织示威游行，游行的口号就是"罢免和惩办章士钊"。11月28日，北京各界数万人示威，强烈要求段祺瑞下台。对于镇压女师大学潮的章士钊和欺压学生的刘百昭更是激愤不已，捣毁了他们的住宅。章士钊等人纷纷逃往天津。段祺瑞顶不住压力，弃车保帅，于12月31日宣布免去章士钊职务，同时任命易培基为教育部长。

1925年11月30日，听说章士钊已逃走，改组后的北京女子大学的学生立即与女师大联系，商谈复校事宜。在鲁迅、许寿裳等教师的陪同下，女师大学生整队回到女师大原校址，重新挂上了"北京女子师范大学"的校牌。

全校师生员工召开大会，庆祝复校，发表《复校宣言》，宣布"我们不得不取消章士钊所办的监狱式的女子大学，而恢复我们国立北京女子师范大学"，并欢迎新任校长易培基到校。大会上，鲁迅和许广平都作为代表上台发言。鲁迅代表校务维持会回顾了在外半年来维持会的工作，并宣布即日起解散维持会，因："同人认为自己的责任已尽，将来的希望也已经有所归属。"许广平则代表学生自治会发言，也回顾了一年来的反杨运动，对于现今的胜利欣喜万分。

复校后第二天，为庆祝胜利，刘和珍、许广平等人在校门口合影留念。鲁迅亲自为这张照片题词称赞："敌忾同仇，外御其侮。诗云：修我甲兵，与子偕行。此之谓也。"

一往情深始定情

　　在女师大学潮期间，周作人、许寿裳、林语堂、钱玄同等教师都大力支持学生运动。他们与鲁迅一起，同陈西滢、章士钊奋笔论战；林语堂身为教务长，甚至还参加学生的示威游行，包括捣毁章宅，他也参与其中。

　　鲁迅与许广平的过从甚密，他们都应该有所感觉。一些与鲁迅和许广平亲近的学生也应该能发觉他们不同寻常的亲密。但毕竟鲁迅和许广平的关系还没有明确下一步的进展，大家都只是观望，并未发表任何看法。

　　关于鲁迅与许广平是何时定情，当事人并没有明确的说法。但种种迹象表明，大约就是在 1925 年的 8 月间。

　　1934 年 12 月，鲁迅赠予许广平的一首诗中写道："十年携手共艰危，以沫相濡亦可哀。""十年"正应该是从 1925 年算起的。"携手共艰危"也不难看出他们是在为难中开始携手同行的。

　　具体的日子我们不得而知，但大约总是在许广平躲在鲁迅家的那段日子。那段日子正是女师大学潮斗争最激烈的时刻，双方的境遇都极为艰难。许广平面临被反动当局追捕、遣送回乡的困境，鲁迅则受到陈西滢等人的攻击。就是在这样艰难的时刻，鲁迅对许广平伸出援助之手，收留了她；许广平则时时安抚着鲁迅疲惫的心灵。他俩互相支持，肝胆相照。有以往的通信为基础，这段时期的相处，并肩作战，是他们彼此了解了对方的理想和志趣。

如果说两人开始通信为他们日后的感情做了铺垫，那端午节鲁迅家的聚会，则使他们的感情更进一步，而这次许广平的避居，更是推动他们感情的重要一环。在许广平住进鲁迅家前，双方的感情大概就已经突破了师生感情，虽然并未严明，但彼此心照不宣。这次住在同一屋檐下，双方接触的机会更多，感情突飞猛进、并最终确定下来也实属正常。

对于两人的结合，在 1929 年 5 月 13 日，已有身孕的许广平给挚友常瑞麟信中的回顾可窥见一二："老友尚忆在北京当我快毕业前学校之大风潮乎，其实亲戚舍弃，视为匪类，几不齿于人类，其中惟你们善意安慰，门外送饭，思之五中如炙，此属于友之一面，至于师之一面，则周先生（你当想起是谁）激于义愤（的确毫无私心）慷慨挽救，如非他则宗帽胡同之先生不能约束，学校不能开课，不能恢复，我亦不能毕业……你们同属有血气者，又与我相处久，宁不知人待我厚，我亦欲舍身相报，以此脾气，难免时往规劝候病，此时无非惺惺相惜，……周先生对家庭早已十多年徒具形式，而实同离异，为过渡时代计，不肯取登广告等等手续，我亦飘零余生，向视生命如草芥，所以对兹事亦非要世俗名义，两心相印，两相怜爱，即是薄命之我屡遭挫折之后的私幸生活。"

1960 年至 1961 年间，为筹拍电影《鲁迅传》，饰演许广平的女演员丁蓝曾多次访问过许广平。于蓝多次要求许广平详细地谈谈她和鲁迅是怎样相爱的。许广平谈道：有一次给鲁迅抄稿子，鲁迅叫她放下来说是要看看她手指的纹路，但实际上就是想握着她的手。这次许广平明显地感觉到了鲁迅的爱。许广平还说：同学们经常到鲁迅家闹着玩，许广平也参与其中。但鲁迅对她说："别人可以这样闹，唯独你不可！"鲁迅的特殊对待与另眼相看，就足以表明鲁迅对她存在着特殊的感情。

两人都将这种感情放在心底，彼此心照不宣，但许广平告诉于蓝，两人明确爱意，还是她先提出来的。

因为鲁迅心中明白，许广平年轻、漂亮，还是一位亭亭玉立的少女；而自己大许广平十七岁，已经四十多岁，再加上身体并不好，已显老态，在鲁迅看来，自己是无论如何都与许广平不相配的。而且，他虽有一定的名气，却没有丰厚的积蓄，不论许广平计不计较，他也要考虑生活条件的问题。最重要的问题，还是他已有元配朱安，虽然两人并未有实质关系，但朱安也是封建婚姻的受害者，他不可能完全置之不顾。朱安也是无辜无罪、非常值得同情和怜悯的。况且朱安认定自己"生是周家人，死是周家鬼"，又没有自谋生路的能力。对可怜的朱安鲁迅深怀愧疚，朱安所要的幸福他已不能给予，但绝不能连这一点名分也剥夺了，那无疑是断了她的生路。这让鲁迅非常纠结。

在这样的家庭情况下，连合法的名分都不能给予爱人，鲁迅认为自己根本没有和许广平在一起的资格。毕竟在世俗的一些人看来，嫁给他无疑是当了"小妾"。在鲁迅的心目中，许广平的位置跟他始终是平等的，让许广平这样嫁给她，怎么对得起她呢？不能给予爱人明确的未来，何谈幸福。鲁迅有着充分的自知之明，他曾说："异性，我是爱的，但我一向不敢，因为我自己明白各种缺点，生怕辱没了对手。"

所以，当许广平主动示爱的时候，鲁迅非常颓废，深感不配，甚至还问："为什么还要爱呢？"据说许广平是这样回答的："神未必这样想！"

《神未必这样想》这是英国人勃朗宁的诗，鲁迅当年讲课的时候曾经讲过这首诗。诗中，这是愤怒的女子谴责先前的恋人的话。它写一对恋人，男子却年长女子许多，因此思量过多。男人也曾经想求婚，但思量过多，犹豫不决，最终竟丧失了结婚的勇气。十年后的今日，男人还是单身，女子虽已结婚，却并无爱情。正因为男人的过多思量，这两人的生活被永远破坏了。

许广平借矛攻盾，用鲁迅自己的讲义来反驳他，鲁迅无言以对，便说："中毒太深！"

情不知所起，一往而深。在真正的爱情面前，年龄、身份这些差距均不是问题。只要彼此心心相印，就能战胜一切问题走到一起。他们一个热烈，一个冷静，谁也不知道他们的碰撞究竟会产生怎样的火花。鲁迅犹豫权衡，再三考虑，终于下定了决心和许广平在一起。许广平后来在诗篇《为了爱》中写道：在深切了解之下，你说："我可以爱。"你就爱我一人。我们无愧于心，对得起人人。

鲁迅对许广平说："你胜利了！"当然，这不仅是许广平的胜利，更是鲁迅的胜利，因为他总算破了那层障碍，突破了封建思想的束缚，添了新的勇气。

收获爱情的许广平，热血沸腾，激动不已。她以笔名"平林"在鲁迅主编的《国民新报副刊·乙种》发表《同行者》，虽然没有写实，却明显地叙述了两人的心路历程："一个意外的机会，使得渠俩不知不觉地亲近起来。这其中，自然早已相互了解。而且彼此间都有一种久被社会里人世间的冷漠，压迫，驱策；使得渠俩不知不觉地由同情的互相怜悯而亲近起来。"

在这篇文章里，许广平将自己的爱情观大胆地诉说了出来："在社会上严厉的戴着道德的眼镜，专唱高调的人们，在爱之国里四不配领略的人们，或者嫉恨于某一桩事，某一方面的，对爱的他俩，也给予一番猛烈的袭击。然而，沐浴游泳于爱之波的人们，不知道什么是利害，是非，善恶，只一心一意地向着爱的方向奔驰。从浅的比方一句罢有似灯蛾赴火，就是归宿到＂死＂字上。这死，是甜蜜的，值得歌颂的，此外还有什么问题呢？！"

1926年初，许广平又写下了著名的散文诗《风子是我的爱》。她把鲁迅比作风，激情澎湃地表达了自己对鲁迅的爱，至今人们读起这首散文诗，也仍能体会到许广平大胆坚定的爱意：

它，我不知道降生在什么时候。这是因为在有我的历史以前，它老早就来到这个宇宙和人们结识了吧。

风子是什么一个模样呢？我可说不出，因为自始我就没法子整个的了解它，许是因为我太矮小的原因吧！

即使我看着最有趣的书，或者干着最聚精会神的事体，耳根响着隆隆的钢琴的竟日震动鼓膜的声音，任何人都不容易忍耐的下去领会或细心高兴的工作吧。这时风子突然投入我的怀，令我不期然而然的（地）抛开工夫，装作假寐的去回味它，屡屡不只一二（两）次的追溯它，当遇着我的时候和离开我的时候是什么样的情景。

比起蝼蚁鸡犬之流。我，小小的我勉强可以算是庞然大物吧！然而风子总看我是小孩子。

这于我真算是莫大的耻辱。它，是天上的一种气体，时间，空间，自然比我伟大得多。在解冻的时候它算是春风；在汗流夹（浃）背的时候，它算是薰风；梧桐叶落的时候呢，人们知道它换了秋的袍子；而狂风怒号，有似刀割的时候，人们在它的名字上改换了一个名，说是冬风了。它虽则能被人改变各式花样，但仍不是风子吗么？时候地位的不同，风子能单只不给我一些暖暖的呵气吗。有谁能禁止我不爱风子，为了我的藐小，否认我的资格呢。

风子有一个劫运，就是在上古的时候，人们把它女姓（性）化了，说它是"风姨"，然而我则偏偏说它是风子。何以故，因为我是男姓（性）

化的，不妨引为同类，可以达到我同姓爱的理想的实现，而且免掉了她和他的麻烦。

淡漠寡情的风子，时时攀起脸孔呼呼的刮叫起来，是深山的虎声，还是狮吼呢？胆小而抖擞的，个个都躲避开了！穿插在躲避了的空洞洞呼号而无应的是我的爱的风子呀！风子是我的爱，于是，我起始握着风子的手。

奇怪，风子同时也报我以轻柔而缓缓的（地）紧握，并且我脉博（搏）的跳荡，也正和风子呼呼的声音相对，于是，它首先向我说："你战胜了！"真的吗？偌大的风子，当我是小孩子的风子，竟至于被我战胜了吗？从前它看我是小孩子的耻辱，如今洗刷了！这许算是战胜了吧！不禁微微报以一笑。

它——风子——承认我战胜了！甘于做我的俘虏了！即使风子有它自己的伟大，有它自己的地位，藐小的我既然蒙它殷殷握手，不自量也罢！不相当也罢！同类也罢！异类也罢！合法也罢！不合法也罢！这都于我们不相干，于你们无关系，总之，风子是我的爱……呀！风子。

除了这两首，许广平还写了一部独幕剧《魔祟》。整部剧非常简短，没有人物的对话，都是叙述的语言。剧情的人物很简单，只有睡魔、睡的人和睡的人的爱者三人。剧情发生在初夏的良宵，一间小巧的寝室和书房中。寝室中睡着 B，而书房中他的爱人 G 则"在书桌前收拾他照例做完的工作，伸个懒腰，静默的长伸出两腿来，似乎躺在帆布椅样的把身子放在坐的藤椅上，口吸着烟卷，想从这里温习他一天的课业，又似乎宁静百无所思似的，待烟吸完了，轻轻蹑进寝室，先把未关好的窗门收起来，想是要放轻些，勿致惊醒 B 的好梦，不想反而不自然地铿的一声，窗关了的声响"，惊醒了魔，G 与 B 互相亲吻，又重新睡下，"死一般静寂来到，没有别的话语，直至良久。但 B 时时闭着眼，用手抚摩G的脸，继又吻他，总是手，吻，继续的在G的身子上。经过多少时，G说，我起来喝点茶，又吸一支烟，重又躺在B旁，仍没有话说。待烟都变成灰，已经散布在床前地下，G说，大约有两点钟了，我们灭灯睡罢！寝室暗黑，这时有些少光从正面的窗外射进来，B是静静的，G老是叹气，B没敢问，陪了经过好久时间，有点鼾声从G那里发出，B放心睡下。偶然G动了动，B赶快曲着身子来抱他，但总觉得他是被睡魔缠扰般不能自主地回抱。"

这部剧极具象征意义，但争议颇多。但期间表现出的爱与责的纠结，无疑表达了许广平对鲁迅的思念，是鲁迅与许广平爱的见证。

和许广平的热情大胆相比，鲁迅则表现得低调含蓄得多。只在收入散文诗集《野草》中保留了一篇《腊叶》来表达自己的情怀，鲁迅说过："《腊叶》是为爱我者的想要保存我而作的。"《腊叶》这样写道：

灯下看《雁门集》，忽然翻出一片压干的枫叶来。

这使我记起去年的深秋。繁霜夜降，木叶多半凋零，庭前的一株小小的枫树也变成红色了。我曾绕树徘徊，细看叶片的颜色，当他青葱的时候是从没有这么注意的。他也并非全树通红，最多的是浅绛，有几片则在绯红地上，还带着几团浓绿。一片独有一点蛀孔，镶着乌黑的花边，在红，黄和绿的斑驳中，明眸似的向人凝视。

我自念：这是病叶呵！便将他摘了下来，夹在刚才买到的《雁门集》里。大概是愿使这将坠的被蚀而斑斓的颜色，暂得保存，不即与群叶一同飘散罢。

但今夜他却黄蜡似的躺在我的眼前，那眸子也不复似去年一般灼灼。假使再过几年，旧时的颜色在我记忆中消去，怕连我也不知道他何以夹在书里面的原因了。将坠的病叶的斑斓，似乎也只能在极短时中相对，更何况是葱郁的呢。看看窗外，很能耐寒的树木也早经秃尽了；枫树更何消说得。当深秋时，想来也许有和这去年的模样相似的病叶的罢，但可惜我今年竟没有赏玩秋树的余闲。

《腊叶》写得非常含蓄，如果不是知道他特有所指，根本无法领会其意。他以"爱我者"的口吻，把自己比作那片枫叶，主人因它是病叶而同情保存了它。但事过境迁，它褪去了斑斓的颜色，主人可能会渐渐把它忘记。

在爱情方面，鲁迅原没有许广平自信，他知道自己的不足，所以担心感情不会保鲜，害怕感情会消逝，因此心怀忧虑和哀愁。他通过"爱我者"的心思，隐约地把这个想法表达了出来。鲁迅也曾对孙伏园说过这意思："许公很鼓励我，希望我努力工作，不要松懈，不要怠忽；但又很爱护我希望我多加保养，不要过劳，不要发狠。这是不能两全的，这里面有着矛盾。《腊叶》的感兴就从这儿得来，《雁门集》等等却是无关宏旨的。"

虽然鲁迅对他和许广平的爱情走向还有所保留，但他对许广平的充分理解也在其中，这是他对许广平爱的最好的回应。

直面惨淡寄哀思

爱情是美好的，但现实却往往非常残酷。人们无法永远待在幸福温暖的爱情小窝，终究还是要走出去，直面那惨淡的人生。此时许广平和鲁迅感情日益加深，但他们面前的道路也更加艰险。

女师大的师生与杨荫榆、章士钊的斗争虽然取得了胜利，但更加尖锐的斗争还在后面。章士钊虽被免去了教育部总长的职务，但又担任了段祺瑞执政府的秘书长。

1926年3月12日，正值冯玉祥的国民军同奉系军阀作战期间，冯玉祥的国民军布防在天津。日本军舰由旅顺驶入天津大沽口，以支持一手扶持的奉军攻击国民军。日舰炮击国民军，国民军炮击抵抗，日舰最终被驱逐出大沽。

但3月16日，日本竟联合英、美、意、法、荷兰、比利时、西班牙八国，向中国提出"大沽至天津航道须全行停止战斗行为"等无理要求。3月18日，北京逾五千群众在李大钊的主持下，在天安门集会抗议，抗议八国最后通牒。集会后，群众前往段祺瑞执政府请愿。段祺瑞当时不在执政府，但执政府竟事先布置卫队，下令向手无寸铁的群众开枪射击。群众纷纷躲避，但卫队在栅门口用刺刀和棍棒阻止，当场打死四十七人，伤二百余人，李大钊、陈乔年等人均负伤。女师大的刘和珍、杨德群也未能幸免于难，献出了自己年轻宝贵的生命。

　　这场惨案是始料未及的，鲁迅事先也并不知情。

　　那天清早，当女师大的队伍快集合时，许广平看出发还有些许时间，就匆匆将手头抄完的《小说旧闻钞》送到鲁迅的住处。到了鲁迅家，许广平放下了抄稿，连忙转身要走。鲁迅便问："为什么这样匆促？"许广平说："要去请愿！"鲁迅听了以后就说："请愿请愿，天天请愿，我还有些东西等着要抄呢。"这其实是鲁迅对许广平的挽留，许广平不好执拗，就只得留下来南屋里抄稿。

　　为了以有限的代价换取更大的胜利，聚积革命力量，鲁迅有时是不主张请愿的。他曾说过："请愿的事，我一向就不以为然的。"他曾给许广平写信说过："我总以为不革内政，即无一好现象，无论怎样游行示威。"鲁迅认为游行、请愿这样的斗争方式要改变，因为统治者有刀有枪，"他们麻木，没有良心，不足与言，而况是请愿，而况又是徒手"，非常吃亏，是一种损失。当然，这不止针对许广平，不论是哪个同学，鲁迅也会去挽留，因为他不希望学生做无谓的牺牲。而且那段时间的请愿游行简直如家常便饭，大家也习以为常，所以许广平才依言留了下来。

　　"三·一八"惨案是执政府蓄意制造的惨案。那天，许寿裳也参加了请愿。卫队开枪时，卫兵拦住了躲向栅门的他。他说："我的汽车在外面。"卫兵以为他是高级官员，才放走了他。他赶快找到林语堂，两人一起回到了现场，刘和珍那时已被装在棺材里，可见反动当局是有计划的谋杀，都已事先准备好棺材了。执政府周围堆着许多尸体，惨不忍睹。许寿裳和林语堂设法把刘和珍和杨德群的尸体运回了女师大。

　　那时，许羡苏在女师大的图书馆工作，当天下午，她赶到鲁迅家里，告诉了鲁迅和许广平惨案以及刘和珍、杨德群牺牲的事情。鲁迅和许广平立刻就赶到学校。许寿裳将自己目睹的惨状告诉鲁迅，鲁迅痛心疾首、悲愤交加，直呼这是"民国以来最黑暗的一天"。

许羡苏回忆："过了三天，我去看鲁迅先生，他母亲对我说：'许小姐，大先生这几天气得饭也不吃，话也不说。'几天以后，他才悲痛地说了一句：'刘和珍是我的学生！'就这样，鲁迅先生气病了。"

在《无花的蔷薇》中，鲁迅写道：

中国只任虎狼侵食，谁也不管。管的只有几个年青的学生，他们本应该安心读书的，而时局漂（飘）摇得他们安心不下。假如当局者稍有良心，应如何反躬自责，激发一点天良？

然而竟将他们虐杀了！

假如这样的青年一杀就完，要知道屠杀者也决（绝）不是胜利者。

中国要和爱国者的灭亡一同灭亡。屠杀者虽然因为积有金资，可以比较长久地养育子孙，然而必至的结果是一定要到的。"子孙绳绳"又何足喜呢？灭亡自然较迟，但他们要住最不适于居住的不毛之地，要做最深的矿洞的矿工，要操最下贱的生业……。

如果中国还不至于灭亡，则已往的史实示教过我们，将来的事便要大出于屠杀者的意料之外——

这不是一件事的结束，是一件事的开头。

墨写的谎说，决掩不住血写的事实。

血债必须用同物偿还。拖欠得愈久，就要付更大的利息！

这是鲁迅得知惨案当天写下的，他的悲愤已经溢于言表。鲁迅接连写了《无花的蔷薇之二》《可惨与可笑》《"死地"》《空谈》等文字，揭露和痛斥反动当局的罪恶行径。

3月25日，鲁迅参加了刘和珍、杨德群烈士的追悼会。痛定思痛，他于4月1日写下了著名的《纪念刘和珍君》。鲁迅出离愤怒，悲痛异常地写道："真的猛士，敢于直面惨淡的人生，敢于正视淋漓的鲜血。这是怎样的哀痛者和幸福者？然而造化又常常为庸人设计，以时间的流驶逝，来洗涤旧迹，仅使留下淡红的血色和微漠的悲哀。在这淡红的血色和微漠的悲哀中，又给人暂得偷生，维持着这似人非人的世界。我不知道这样的世界何时是一个尽头！……"

鲁迅此时已经悲愤到极点，他感到压抑与失望。许广平也同样悲痛万分，他们互诉哀情，共同承担，离开这里，开始新的生活，不知不觉已成为了他们心底共同的愿望。

为爱抉择赴远方

　　"三·一八"惨案后，北京笼罩着一股恐怖的气息。段祺瑞政府为了掩饰自己的罪行，捕杀大量的进步人士，他们发布了对李大钊、徐谦、易培基等五人的通缉令，还拟定了一份通缉四十八人的黑名单，其中鲁迅、周作人、林语堂、许寿裳等人都在内。

　　鲁迅虽然并未参加那日的集会游行，但他在青年学生中影响很大，事后又著文抨击，反动当局才下定决心斩草除根。

　　许多亲友非常关心鲁迅的安全，再加上他因劳致病，为了避免不必要的牺牲，鲁迅去莽原社暂避。后来又先后躲入日本山本医院、德国医院和法国医院。在鲁迅避难治病的日子里，许羡苏几乎每天都去看望照顾鲁迅，因考试临近，许广平只去过一天，但她的心始终牵挂着鲁迅。

　　鲁迅避难的日子大约有一个多月，后来段祺瑞终于下台。令人啼笑皆非的是，在他被通缉的同时，他在半年前对章士钊的控告平政院终于做出了胜诉的裁决。

　　如今危机四伏，困难重重，鲁迅和许广平究竟该何去何从？面对种种压力，他们面临着爱情道路上最艰难也是最重要的抉择。为了美好的爱情，为了全新的生活，他们最终决定同心协力，携手迈向新的天地。

同在通缉名单的林语堂，躲进了好友林可胜医师家里避难。林可胜的父亲林文庆是厦门大学校长。经林可胜联系，林文庆聘请林语堂去厦门大学当文科主任。1926 年 5 月，林语堂在厦门大学任文科主任兼国学研究院秘书。林语堂与鲁迅私交不错，于是立即推荐鲁迅来校任教，鲁迅也欣然答应。经校长同意，厦门大学自 7 月起聘鲁迅为文科国文系教授兼国学研究院研究教授。

鲁迅自 1912 年 2 月应蔡元培之邀来教育部工作，如今已十四个年头了。1920 年 8 月到 1926 年 7 月，鲁迅在北大讲授中国小说等课程，期间还在北师大、女师大、世界语专门学校、集成国际语言学校、大中公学、黎明中学、中国大学等校兼课。虽然他从 1923 年 7 月才开始在女师大兼课，上课的时间也不多，但由于他和学生们一起参与了女师大的学潮，投入到了保卫学校的斗争中，于是关系就显得特别密切。

许广平此时正好也面临毕业择业的问题。恰巧有人推荐她回母校广东女子师范学校教书，她便立即高兴地答应了。虽然和鲁迅不在一个地方，但毕竟他们能一同南下，大方向是一致的。

因此鲁迅与许广平商量好，他们一个去厦门大学任教，一个去广州省立第一女子师范学校教书。两人相约各自工作一二年，以有所准备和积蓄后，两人再相聚。当然，这样的约定两人都从未对别人说过。

听说鲁迅要离开北京，朋友、师生间的饯行宴请不断。

8 月 3 日晚，未名社的韦氏兄弟为鲁迅饯行，韦丛芜、韦素园、朱寿恒、常维钧、赵少侯等人均来送行。但女师大学生中独独请来了许广平，不知道是不是他们已经知道了鲁迅和许广平的关系。

8 月 13 日，吕云章、陆晶清与许广平联合宴请鲁迅，徐旭生、朱先、许寿裳等女师大教师都来参加。让人不得不产生疑问的是，吕云章、陆晶清同许广平是同学，她们为何与许广平一起为鲁迅饯行，为什么不为许广平和鲁迅一起饯行呢？大概是她们还不知道许广平将同鲁迅一起南下吧。

所以，鲁迅和许广平的决定并不是一种偶然。

在惨案发生前，鲁迅和许广平的关系就发生了变化，但两人还未公之于众。毕竟在外人看来，两人年龄相差十七岁，鲁迅又有家室，他们关系虽亲密，但没有联想到爱情方面。鲁迅与许广平的爱情本该光明正大，也是迟早要公开的。可是他们不得不考虑朱安的问题。虽然鲁迅可以表明与朱安一刀两断，再和许广平在一起，这是最直接的方法。但是鲁迅却不能不管朱安的死活，他的悲剧婚姻并不是朱安造成的。留在北京，鲁迅和许广平的爱情就无法公开，也无法取得进展。

鲁迅心有所爱，他想和许广平在一起携手并进；但他不能弃朱安于不顾，只好采取迂回的办法，离开北京，到新的地方，才能开始新的生活。

1926年8月26日下午，鲁迅和许广平搭同一趟列车，一起离开北京南下。他们终于能够走到一起，他们的爱情道路，终于迎来了曙光，迎来了希望。

第四卷

天涯海角思无尽

双双南下新天地

1926 年 8 月 26 日，鲁迅与许广平为了创造他们共同的新天地而携手南下。他们乘坐火车沿京浦线先抵达上海。鲁迅要去厦门，许广平要去广州，两人本来是并不顺路的。许广平可以沿京汉铁路直达广州，走上海无疑是绕了远路。但也许是为了宣告两人的携手共进，也许是为了多陪对方走一程，他们决定一同离开北京。

鲁迅和许广平共同离开北京可谓是鼓起了极大的勇气，尤其是鲁迅。鲁迅几经挣扎才下定决心坦然面对自己的感情，这是他抛开母亲的束缚所迈出的第一步。他是怎样和母亲沟通的我们不得而知，不过老太太的心情我们大抵不难猜出一二。没有哪个母亲不希望儿子待在身边，鲁老太太也一样，不过，鲁迅长期日本留学已使她有些习惯了，她只是不放心。毕竟儿子虽按照自己的意愿娶了朱安，但二人却并没什么进展。随着年纪加大，看到儿子心底的固执，她有时也会后悔没能选择一个更合儿子心意的女人吧。至于鲁迅和许广平之间的情愫，相信鲁老太太并不是没有察觉，事到如今，也只好随他们去吧。

至于朱安，她跟鲁迅的交流实在是少之又少，即使有反对的意见，恐怕对鲁迅也起不到什么作用，何况她又一直默默无声地陪在鲁老太太身旁，所以大约也是提不出什么意见的。

对于鲁迅来说，离开北京，终于可以暂时忘却这段束缚他的传统封建的婚姻。他也有追求自己幸福的权利。

鲁迅和许广平在火车上度过了漫长又短暂的三天。火车上本就狭小拥挤，三天的日子对很多人来说是非常难熬的，但对于他们二人来说却并非如此。他们满怀着希望一路前行，看着窗外的大好河山，规划着未来，漫长的时间在不知不觉中就度过了。

8月29日早晨，鲁迅和许广平二人乘坐火车到达了上海。许广平住进了上海的叔父家中，鲁迅则住进了一家旅社。

鲁迅当时是非常有名气的，尤其是在新文化运动后，不止在北京，在上海也有一大批追随者。听说鲁迅到了上海，很多人前来为他接风。

8月30日晚，由著名作家郑振铎出面邀请，鲁迅参加了他别墅内的欢迎宴会。除了鲁迅，还有他的三弟周建人，以及许多文化界的名人都出席作陪，如朱自清、刘大白、叶圣陶、茅盾、胡愈之、夏丏尊、陈望道等。宴会上，他们就当时的格局和对未来的期望畅所欲言。此时，由于消息的闭塞和鲁迅没有刻意的公开，大家都还不知道鲁迅和许广平的关系，因此也并未邀请许广平参加这次宴会。

上海只是鲁迅和许广平南下的中转站，刚刚进入热恋的鲁迅和许广平马上就迎来了分别。

鲁迅和许广平虽然想立刻在一起，但他们不得不顾虑世俗的眼光，所以只好以此为缓冲，各自制定目标，为将来在一起做打算。

9月2日清晨，带着心中的不舍，两人同时坐轮船离开上海，继续南下，只是这次的目的地却不再相同。

自从相识以来，鲁迅和许广平还从未有过如此长时间、长距离的分别。与火车上共处的时光不同，二人都在刚刚离别之际就开始深深地思念着对方。因为两人轮船的开船时间相差不多，大约只有一个小时，鲁迅就总觉得能远远地看到身后跟着的船影，他在到达厦门后给许广平的信中写道："我在船上时，看见后面有一只轮船，总是不远不近地走着，我疑心是广大。不知你在船中，可看见前面有一只船否？倘看见，那我所悬拟的便不错了。"就是这样一句平淡的话语，我们就不难看出鲁迅的柔情和思念。

9月4日，鲁迅终于抵达了厦门，他一安顿好就立刻给许广平写信。"我写此信时，你还在船上，但我当于明天发出，则你一到校，此信也就到了"，除了表达了在船上时对许广平的思念，鲁迅还跟许广平讲述了自己初到的概况，并算准了许广平到达广州的时间寄信，可见鲁迅对许广平真是颇费了些心思。信末一个简单的"迅"字署名，更将二人直接的亲密表现出来。

鲁迅身为男人，感情毕竟还是内敛的，他将心底的思念和情感通过寥寥数语即体现出来，那种若隐若现的朦胧之美打动着许广平的心。

但许广平却不像他那样低调，她的性格本来就是热情似火的，再加上女性在爱情方面的主动，就像她之前写《风子是我的爱》时一样，许广平迫切地表达着自己对鲁迅的思念之情。

许广平无法抑制心中的感情，在船上，只要想到鲁迅她就会提笔写信，断断续续写了九段，所见所闻什么都讲，内容事无巨细。相思如此折磨人心，以至于她想想之后要分别那么久，心头就不是滋味，"船中热甚，竟夕是我一人在一房内，也自由，也寂寞，船未开，门窗不敢打开，闷热极了！好在虽然醒醒也能睡去，臭虫各处都有，但是我还一样睡，今晚独自落船的苦，我想起你昨晚了，本来昨晚你落船没有，出走后的情形不知道，晚间妹妹们又领我上街玩，但总是蓦然一件事压上心头，十分不自在，我因想，一年的日子，不知怎么样？"

尤其到了夜深人静的时候，思念之情更是涌上心头，"睡起看水色已变绿了，浅浅的绿色，泛出雪白的浪波好看极了，因为在多年囚困的沙漠生活中的我见着，然而，也更可气，舱面挤满人，铺盖，水桶，货物，房的窗口也总坐着成排的人，高高地坐在箱上，遮盖着房内漆黑，而我又在下层床，日里又要听基督圣谕，My Dear Teacher！你的船中生活是怎么样？"

当船路过厦门的时候，许广平更是去四处打听和厦门有关的事情，仿佛这样就离鲁迅更近似的，"下午四时船经厦门时，我注意看看，不过茫茫的水天一色，厦门在哪里？！室迩人遐！！！……信也实在难写，这样说也不方便，那样说也不妥当。我佩服兰生，他有勇气直说。听说过厦门，我就便打听从厦门至广州的船。据客栈人说：有从厦至港，由港再搭火车（没有船）至粤，但坐火车中途要自己走一站，不方便，而且如果由广州至港，更须照相找铺保准一星期回，否则向铺索人，此路'行不得也哥哥'。有从厦至汕头者，我想这条路较好，由汕至广州，不是敌地，检查……"

许广平甚至打听好了厦门去广州的路线，对于一对热恋中的人来说，异地恋是一场非常折磨的考验。

两地分隔诉相思

在鲁迅到达厦门两天后，许广平也到达了广州。她很快就住进了广东女子师范学校，担任训育主任一职，除此之外，每周还要教授八个小时"三民主义"的课程。

她一到达广州就寄出了在船上断断续续写的信，接下来的几天又连续发了两封。不过那时候厦门与广州之间的交通并不算发达，信件总要耽误些时日才能收到。鲁迅在厦门寄出第一封信后，一直在等待许广平的回信，因为信件的耽搁，他渐渐有些按捺不住，又接连寄了一张厦门大学的明信片和一封长信。信虽是一封，但里面确是这两日来写的，可见鲁迅时时刻刻都在思念着许广平。

等待的日子真是让人揪心，鲁迅此时虽已四十多岁，但陷入热恋的他却像个小男孩一般，这便是爱情的力量吧。等不到许广平的信，他心里非常焦急，"依我想，早该得到你的来信了，然而还没有。大约闽粤间的通邮，不大便当，因为并非每日都有船。此地只有一个邮局代办所，星期六下午及星期日不办事，所以今天什么信件也没有——因为是星期——且看明天怎样罢。"

没收到信的日子，鲁迅每天都要去邮局看一看，生怕错过了许广平的来信。他甚至开始胡思乱想，毕竟那时的格局动荡不安，他害怕许广平受到什么危害，为此十分担忧。其实他们此时分隔只有一个多星期，收不到信件也属正常，但焦急等待的鲁迅早已乱了心绪，哪里还能冷静地思考。好在他并没有等待太久，终于等到了许广平的来信，他的心中这才安定下来——"今天（十四日）上午到邮政代办所去看看，得到你六日八日的两封来信，高兴极了。此地的代办所太懒，信件往往放在柜台上，不送来，此后来信可于厦门大学下加"国学院"三字，使他易于投递，且看如何。这几天，我是每日去看的，昨天还未见你的信，因想起报载英国鬼子在广州胡闹，入口船或者要受影响，所以心中很不安，现在放心了。"

等待的日子，许广平亦是觉得难熬，"七，九，十二日去了三信，只接到（五日）来的一封，你那里的消息一概不知道，惟（唯）有梦想臆测，究竟近状如何？是否途中感冒现在休养？望勿秘不见告。"

许广平在给鲁迅的信中写道："你依足了一来复给我一信，我在望眼欲穿的时候得到你这些安慰——虽则是明信片。"虽然广州是许广平的家乡，在这里她不像在北京那样形单影只，但心爱之人不在身边，那些空缺是别人不能填补的，所以鲁迅的来信成了她繁忙生活中的一份寄托。

授课加上训育主任的职责，让许广平几乎没有时间去思念鲁迅，但长久以来的习惯与依赖是很难改变的。她只要一有时间，就会提起笔给鲁迅写信，跟他讲述自己的生活，仿佛两人还隔着一个胡同住一样。白天的生活太过繁忙，但鲁迅始终在她心里，午夜梦回，点点滴滴的相处便会浮现在许广平的心头，思念越发浓重。

她在繁忙之中匆匆写道："我校从十三日起即授课办公，教课似乎还过得去（察情形），至于训育，真是难堪，包括学监舍监，从八时至下午五时在办事处或查堂，回来食晚饭后又要查学生自习及注意起居饮食……总之无一时是我自己的时间，更有课外会议，各种领导事业及自己预备教材……弄得精疲力竭，应接不暇。明日是星期，下午一时还要开训育会议，回想做学生真快活也。现人已睡久，钟停了不知何时，急忙写此，恕其不详，但朝夕做梦。祝快乐，不敢劝戒酒，但祈自爱节饮。你的害马。"许广平时刻关心着鲁迅的身体，信末"你的害马"的署名更透露出一股小女人的爱恋。

"看你在厦大，学生少，又属草创，事多而趣少，饮食起居又不便，如何是好，菜淡不能加咸么？胡椒多食也不是办法，买罐头帮助不好吗？火腿总有地方买，不能做来吃吗？勿省钱要紧。"许广平生怕鲁迅自己不能照顾好自己，总不忘时时嘱咐他。虽然许广平比鲁迅小很多，但大约是女生照顾人的天性，她对鲁迅的关怀可谓是事无巨细。她还在信中开玩笑说："你知道处处小心，不多吸烟，喝酒……这是乖弟弟，做老兄的放心了。"

许广平无微不至的关心让鲁迅更加怀念二人在北京生活的日子。他甚至开始迫切希望"合同的年限早满"。许广平对鲁迅的关心是非常细致的，她当然知道鲁迅希望"合同的年限早满"是对自己的思念，是希望能和自己早日在一起；但凭借她对鲁迅的了解和关心，更是想到鲁迅一定是非常不适应厦门的生活，于是写信安慰、鼓励他："你为什么希望'合同的年限早满'呢？你是感觉着诸多不习惯，又不懂话，起居饮食不便么？如果的确对身子不好，甚至有妨健康，则不如失约，辞去的好。然而，你不是要'去做工'吗？你这样的不安，那怎么可以安心做工！你有更好的方法解决没有？或者要我帮助的地方亦不妨通知，从长讨论。"

鲁迅本来只是想表达思念，哪想到竟惹得许广平如此担心，赶忙写信解释道："我之愿'合同早满'者，就是愿意年月过得快，快到民国十七年，可惜到此未及一月，却如过了一年了。其实此地对于我的身体，仿佛倒好，能吃能睡，便是证据，也许肥胖一点了罢。不过总有些无聊，有些不满足，仿佛缺了什么似的……”

不难看出，鲁迅对于许广平的情绪也是颇为照顾的。这封信不仅表达了自己的思念，告诉了许广平自己度日如年的感受，而且还说自己很好来安抚她的情绪。

然而，鲁迅过得真的好吗？其实不尽然。虽然鲁迅的家乡在浙江，但他常年在北京，已然不大适应南方的生活。何况厦门靠海，气候湿润，鲁迅非常不适应，甚至还因为蚂蚁过多而不敢再买点心吃。况且他独自生活在厦门，没有亲人在身边，朋友又少，语言也不同，难免会有“独在异乡为异客”的感觉。他负责的课程也并不算多，空闲时就更容易觉得孤独寂寞。从他信中的只言片语就不难看出他的辛苦：“有人看见我这许多器具，以为我在此要作长治久安之计了，殊不知其实不然。我仍然觉得无聊。我想，一个人要生活必须有生活费，人生劳劳，大抵为此。但是，有生活而无‘费’，固然痛苦；在此地则似乎有‘费’而没有了生活，更使人没有趣味了。我也许敷衍不到一年。”

为了让许广平安心，鲁迅总是报喜不报忧的。因为许广平在广州的生活也并不算好。虽然她没有语言方面的困扰，但是过于繁忙的生活，不可靠的薪水，以及人们间的钩心斗角，让她精疲力竭。许广平为此还感慨：“人是那么苦，总没有比较的满意，自然我也晓得，乐园是在天国，人是没有满足的，然而我们的境遇，像你到厦，我到粤所历的，都算例外吧！人总是向荆棘丛中寻坦途，然而永没有坦途能存在，因为荆棘的量实在占住路途的空间而永没有隙。”

鲁迅非常忧心，时常问及她的收入问题，生怕她的生活太过困苦，他说：“你收入这样少，够用么？我希望你通知我。”就这样简简单单的一句话，就能看出鲁迅对许广平的挂怀。

看着心爱之人受苦，鲁迅恨不能亲力亲为去帮助照顾她，哪还舍得让她再因自己的事情烦恼呢？因此鲁迅写信宽慰许广平：“其实我在此地，很有一班人当作大名士看，和在北京的提心吊胆时候一比，平安得多，只要自己的心静一静，也未尝不可暂时安住。但因为无人可谈，所以将牢骚都在信里对你发了，你不要以为我在这里苦得很。其实也不然的。身体大概比在北京还要好点。"

不过，心思细腻的许广平哪能不知道鲁迅的体谅呢？她从鲁迅琐碎的生活细节中就知道鲁迅生活的清苦和寂寞，"从清早在期望中收到你的信（十日写寄），我欢喜的读着，你的心情似乎也能稍安了，但不知是否骗人安心，所以这样说，勉强的栖息在不合意的地方。"

这种善意的隐瞒更能体现出爱情的可贵，鲁迅和许广平就这样用自己的方式，相互关心爱护着对方，彼此支持，共同克服生活中的难题。

鲁迅在厦门独自一人，时常感到寂寞，好在学生们都很敬仰他，总是陪着他一同探讨问题，也使生活逐渐有了一些趣味。许广平听说了后很高兴，写信说道："学生欢迎，自然增加你兴趣，处处培植些好的禾苗，以喂养大众，救济大众吧。这是精神上的愉快，不虚负此一行。在南人中插入一个北人的你，而他们不以南北歧视你，反而尊重你，这是多么令人'闻之喜而不寐'的呢。"但也不忘嘱咐鲁迅注意身体，"话虽如此，却不要因此拼命做工，能自爱才能爱人。"

许广平的关怀可谓面面俱到。她和鲁迅此时的关系早不是在北京那样，已经取得了进一步的发展。如果说过去的玩笑多是停留在"愚兄""嫩弟弟"之类，现在的鲁迅和许广平已经不时会开一些"醋意十足"的有关男女之情的玩笑了。

自从有了许多学生的陪伴，鲁迅便写信逗许广平说："听讲的学生倒多起来了，大概有许多是别科的。女生共五人。我决定目不斜视，而且将来永远如此，直到离开厦门，和 HM（按：即害马）相见。"

语气间的情意十足，只有亲密的恋人才能说出这样的玩笑话。

看到鲁迅这样的话，许广平心里自然是美滋滋的，她故意用相同的语气回信给鲁迅："这封信特别'孩子气'十足，幸而我收到。'斜视'有什么要紧，习惯倒不是'斜视'，我想，许是蓦不提防的一瞪吧！这样，欢迎那一瞪，赏识那一瞪的，必定也能瞪的人，如其有，又何妨？张竞生之流发过一套伟论，说是人都提高程度，对于一切，都鲜花美画一般，欣赏之，愿公显于众，自然私有之念消，可惜世人未能领略张辈思想，你何妨体念一下？"

许广平这话说得可是小女人味十足，意思大概是你怎样看别的女生我才不在乎，如果你没有私念，那不妨看个够。

鲁迅看到后立即回信表示自己绝不会去瞪别的女生："斜视尚不敢，而况'瞪'乎？至于张先生的伟论，我也很佩服，我若作文，也许这样说的；但事实怕很难，我若有公之于众的东西，那是自己所不要的，否则不愿意。以己之心，度人之心，知道私有之念之消除，大约当在二十五世纪，所以决计从此不瞪了。"

恋爱让人变得孩子气，鲁迅虽已人过中年，但也难得变得有些"无赖"。这样的互动，若说不是出现在热恋的人身上，恐怕都是没人相信的。

儿女情长之外，鲁迅和许广平也时刻没有忘记自己身处的风云多变的时代，他们始终都在为革命而贡献自己的力量。

当时，国民革命蓬勃发展，国民革命战争节节胜利，这股革命的热潮也波及了厦门，鲁迅为此深受鼓舞，觉得看到了对未来的希望。尤其是 10 月 10 日那天，厦门大学举行了升旗礼，演讲、放鞭炮，街头都是庆祝的景象。这与北京死气沉沉的双十节相比，让鲁迅心中十分雀跃。他忍不住对许广平倾诉描述："我因为听北京过年的鞭炮听厌了，对鞭炮有了恶感，这回才觉得却也好听。中午同学生上饭厅，吃了一碗不大可口的面（大半碗是豆芽菜），晚上是恳亲会，有音乐和电影，电影因为电力不足，不甚了然，但在此已视同宝贝了。教员太太将最新的衣服都穿上了，大约在这里，一年中另外也没有什么别的聚会了罢。"

"听说厦门市上今天也很热闹，商民都自动地挂旗结彩庆贺，不像北京那样，听警察吩咐之后，才挂出一张污秽的五色旗来。此地人民的思想，我看其实是'国民党的'，并不老旧。"相比北京部分人民的麻木，厦门人民的做法无疑使鲁迅感到异常欣慰。

许广平也如在北京时一样走在革命的前端，还在双十节当天带领学生游行庆祝。同鲁迅一样，南方人民对革命的热情让她对祖国的未来充满了希望。她也欢喜地同鲁迅讲起她在广州看到的热闹景象："说起今天是双十节，广东国民政府一方面庆贺革命军在武汉又推倒恶势力，但一方面口号上承认是革命事业的开始而非成功，所以在群众面前的表现，不是趾高气扬，是带多少战兢在内，而赴大会的民众，尤以各工会为多，大家深了然于一切，无须傻干，又因南方下等阶级都识字多，所以费力小，这是可慰悦的。可惜今天早上大雨，午后时雨时止，路泥泞不堪，所谓大会场在东门外名东校场，搭一演说台，而讲演者无传声筒，致雨声，风声，人声，把演讲的声压住，只见他口讲指划，更特别的，因是国庆，所以助兴的舞狮子（布做）及锣鼓喧天随处皆是，商家更燃放大炮竹，比较北京挂一枝国旗，热闹多了（广东取消五色旗，全以青天白日为国旗）。"

生活上虽有些许不如意，但革命的胜利让他们看到了未来，他们彼此安慰，彼此支持，虽然相隔两地，但他们的目标和期许都是一样的。

爱与被爱的权利

鲁迅对于和许广平之间的爱情始终都有很多犹豫和顾虑。年龄的差距和永远无法摆脱包办婚姻是横亘在两人之间的巨大问题，因为爱，所以鲁迅更加害怕因此委屈了许广平。

鲁迅在文坛赫赫有名，但在情爱的世界里，他却自卑而小心翼翼。如若不是许广平的热情主动，加之当时岌岌可危的政治环境，恐怕鲁迅和许广平也许就那样止于师生关系，可能最终也因为犹豫而不可能走到一起。即使两人确定了恋爱关系，鲁迅的心中也依然充满了担忧。前路漫漫，他和许广平真的能像计划中那样在一起吗？鲁迅的心中并不确定。

所以面对这份来之不易的感情，鲁迅始终都很谨慎。两人离开北京南下，却并没有立刻在一起，也颇有些"试水"的味道在里面，短暂的分离是为两人在一起做缓冲，也更是对两人感情的一种考验。

因为对感情的不自信，分隔两地后鲁迅也时常感到担忧。

尤其那时许广平在广州的工作遇到了很多困难，她和右派学生之间矛盾重重。恰巧这时，她与北京认识的朋友李春涛在广州重逢了。李春涛此次来广州开会，听说了许广平工作中遇到的困难，表示可以帮助许广平，邀请她去汕头，还说"无论教书，做妇女工作，做报纸宣传工作都可以想办法"。许广平听了非常心动，于是萌发了去汕头的念头。

　　虽然许广平只是因为工作的不如意想去汕头，但是这仍然带给了鲁迅深深的危机感。在许广平问及他的看法时，他又不好阻拦，所以在他收到中山大学的聘书时，他对许广平表示非常犹豫，说自己不想去广州了，理由则是"我的一个朋友，或者将往汕头，则我虽至广州，与在厦门何异"。

　　在这里，鲁迅故意不说许广平，而称"一个朋友"，就很有一丝发牢骚的意味在里面。本来，他离开了有着坚实基础的北京，就是为了能够和许广平在一起，而现在，许广平受别的男士的邀请想要去汕头，他的心里别提有多不是滋味了。

　　好在许广平十分在乎鲁迅的感受，看到鲁迅的牢骚，她立刻回信说："你如定在广州，我也愿在广州觅事，如在厦，我则愿到汕，最好你有定规，我也着手进行。"

　　她的话无疑给鲁迅吃了一颗定心丸。

　　许广平在后来回忆起这件事，也表示自己当时并未多想，只是不适应当时的那份工作，她后来在《鲁迅回忆录》中也写道："当时，想去汕头，是为了走向革命，学习到更多的东西，同时，也为了离厦门近一些，与鲁迅呼应较便。但对在厦门的鲁迅解释得不够详细，便引起他的牢骚来了：'我想 H.M. 不如不管我怎样，而到自己觉得相宜的地方去，否则，也许因此去做很迁就，非意所愿的事务，比现在的事情还无聊。'在写完这封信的深夜，又添了几句：'我想 H.M. 止要为社会做事，为了我的牢骚而不安，实在不好，想到这里，忽然静下来了，没有什么牢骚了。'这里越是说没有什么，正表明有什么，因此我考虑：同是工作，要自己去闯，可能也多少干一些事，但是社会这样的复杂，而我又过于单纯，单纯到有时使鲁迅很不放心，事情摆在面前，恐怕独自干工作是困难的了。既然如此，就在鲁迅眼前做事也是一样的。这样的想法一决定，就不去汕头了。以后也没有改变这决定。"

鲁迅在厦门的这一百多天里，和许广平之间的通信多达八十多封，几乎是每隔一天就要给对方写一封信。然而，那种牵肠挂肚的思念并未因频繁的信件而减少，反而与日俱增。再加上鲁迅和许广平的工作都有些不尽人意的地方，两人在南下时的期望渐渐被消磨殆尽，因此，他们二人都希望能够尽快地团聚。

何去何从未来路

　　鲁迅对于教学的态度是非常认真的。他在厦门大学教授"中国文学史"和"中国小说史"两门课程。厦门大学本来就有课程的讲义，如果鲁迅按照讲义去讲应该是非常轻松的，但他不愿那样敷衍。严谨、负责的治学态度让他决心亲自撰写一份教材。"中国小说史"是他在北京授课时就有所准备的，稍稍修正即可。比较难的是"中国文学史"这门课程。文学史涉及的知识范围很广，厦门大学图书馆的资料也十分匮乏，为此，鲁迅费尽心力才编撰出一部"中国文学史"的教材。这部文学史在后来也正式发表，即《汉文学史纲要》。

　　和在北京教书时一样，鲁迅的课程在厦门大学也备受学生的欢迎。只要是鲁迅的课程，教室就座无虚席。鲁迅不仅是青年学生们的授课老师，更是他们的精神导师。学生们常常围绕着鲁迅，和他一起探讨国之大事。原本在厦门孤身一人的鲁迅，也在寂寞无聊的生活中寻得了一丝安慰。

　　但与学生们接触得越多，鲁迅发现的问题就越多。虽然学生们心中渴望进步的思想，但是厦门大学的校长却被复古尊孔的思想束缚着，以至于在新文化运动全面推动白话文的情况下，厦门大学的学生仍然不得不用文言写作。鲁迅积极地支持学生们用白话写作，他此时已清醒地认识到，尽管厦门看似比北京更开放，革命热情比北京更高涨，但实际上同北京在本质上差别不大，都还存在很多的问题。鲁迅为此非常失望，他在给许广平的信中曾写道："一个教员和我谈起，知道那些北京同来的小鬼之排斥我，渐渐显著了，因为从他们的口气里，他已经听得出来，而且他们似乎还同他去联络（他也是江苏人，去年到此，我是前年在陕西认识的）……而他们一面排斥我，一面又个个接家眷，准备作长久之计，真是糊涂云云。我看这是确的，这学校，就如一座梁山泊，你枪我剑，好看煞人。北京的学界在都市中挤轧，这里是在小岛上挤轧，地点虽异，挤轧则同。"

鲁迅虽然失望，但他还是不遗余力地在传播着进步的思想，但学校中的顽固势力实在是太强大了，鲁迅只身一人渐渐地感到了力不从心。鲁迅与学校行政当局之间的矛盾也越来越深。有一部分"现代评论派"人物本就和鲁迅关系不睦，更是借机处处打压鲁迅。

"今天又知道一件事，一个留学生在东京自称我的代表去见盐谷温氏，向他要他所印的书，自然说是我要的，但书尚未钉成，没有拿去。他怕事情弄穿，事后才写信到我这里来认错。你看他们的行为是多么荒唐，无论什么都要利用，可怕极了。"鲁迅在与许广平的信中常常写到这些丑陋的事件，他的内心感到失望和厌恶。

但这些丑行始终在进行，看着这些宵小丑恶的嘴脸，他知道他自己再也无法容忍下去了。"今天又知道一件事。先前顾颉刚要荐一个人到国学院，（是给胡适抄写的，冒充清华校研究生）但没有成。现在这人终于来了，住在南普陀寺。为什么住到那里去的呢？因为伏园在那寺里的佛学院有几点钟功课（每月五十元），现在请人代着，他们就想挖取这地方。从昨天起，顾颉刚已在大施宣传手段，说伏园假期已满（实则未满）而不来，乃是在那边已经就职，不来的了。今天又另派探子，到我这里来探听伏园消息。我不禁好笑，答得极其神出鬼没，似乎不来，似乎并非不来，而且立刻要来，于是乎终于莫名其妙而去。"鲁迅不屑与他们为伍，他对许广平说道："你看研究系下的小卒就这么阴险，无孔不入，真是可怕可恨。不过我想这实在难对付，譬如要我对付，就必须将别的事情放下，另用一番心机，本业抛荒，所做的事就浮浅了。研究系学者之浅薄，就因为分心于此等下流事情之故也。"

陈梦韶在《鲁迅在厦门》一书中，分析了鲁迅离开厦门的原因，他说：

他（鲁迅）到厦大来，本想为学校做一点事的。但是一到厦大后，看见学校当局并无真心要提倡学术研究，心里就有些怀疑了。他看见：第一，学校把教授当作"变戏法者"看待，对教授尊重不够。……使鲁迅先生到校一个月后，就有"人亦何苦因为别人计，而自轻自贱至此哉"的反感！第二，国学院只装门面，不务实际。学校当局把国学院教授当雇工看待，拿多少钱，该做多少工。天天希望他们"从速做许多工作，登表许多成绩，像养牛之每日挤牛奶一般"。但只是为了装门面，并无诚意为学术，为鼓励著作。……第三，减少国学院预算，没有决心办好学术研究事业。厦门大学于9月开办国学院，11月校长就要变更计划，减少国学院预算。鲁迅先生为此事，去和校长谈话，"即提出强硬之抗议，以去留为孤注"。校长虽答应取消前议，可是"维持预算之说，十之九不久又会取消"，鲁迅先生当时已能够看出来了。

总之，有这样的学校当局，有"倚靠权势""胡作非为"的文科主任的"襄理"，有"陈源之流""弥漫厦大"的"现代评论派"等，这就使鲁迅先生感觉得"此地空气恶劣，当然不愿久居"。兼之学校当局对办学无真热情，无计划性，视教授为知识贩卖者，要尽其速交出成货，而却不重视其成绩。学校当局在国学院成立典礼时的演说，措辞何等堂皇，说整顿国学要看做（作）是最重要的事。而今竟然"空雷无雨""行不顾言"。预算任意缩减，教授所研究的成绩，不依原定计划出版，没有发展国学院前途的决心。这又使鲁迅先生觉得"即使无啖饭处，厦门也决不住下去的了"。

陈梦韶的分析将鲁迅当时所面临的复杂环境展现了出来。但是，以鲁迅的胸襟，仅仅是一些宵小的排挤，并不足以让他离开厦门，他完全可以如他之前所说的置之不理。所以，除却对这些丑恶事件的不屑，以及与学校当局的关系紧张，促使鲁迅离开厦门大学的一个很重要的原因还是许广平。许广平身在广州，而恰巧鲁迅又收到广州中山大学的聘书，因此，他最终选择了离开。

在鲁迅最初收到中山大学的邀请时，他犹豫再三还是拒绝了。因为他刚来不久，虽然有很多不如意，但就这样离开，他觉得有些对不起请他来的林语堂和厦门大学那些热情的学生们。更何况，他还没有忘记来厦门的初衷，与许广平的事情他有许多顾忌，所以虽然他们共同南下，却分隔两地。

鲁迅在厦门大学任教的合同期限为两年，许广平后来说过，她和鲁迅在离开北京前商量过这个问题，"我们约好：希望在比较清明的环境之下，分头苦干两年，一方面为人，一方面自己也稍可支持，不至于饿着肚皮战斗，减低了锐气。"他们在即将分别的时候也交换过意见，"大家好好地给社会服务两年，一方面为事业，一方面也为自己生活积聚一点必需的钱。"可以看出，鲁迅对于两人离开北京立刻在一起是有些犹豫的，他觉得还是先分隔两地作为缓冲毕竟好。

毕竟，鲁迅和许广平之间有着巨大的差距，年龄问题还有自己已婚的问题，外界的舆论都有可能化为利刃影响到二人。因此，时刻为许广平着想的鲁迅没有立即就和许广平生活在一地。

然而，鲁迅终于坚定了爱意，意识到了自己爱的权利，再加上许广平的鼓舞，他这才彻底大胆放手去爱。

鲁迅写信给许广平，征求她的意见，渴望她给他"一条光"。

在鲁迅与许广平的爱情世界里，许广平一向是更大胆主动的一方。她不在乎那些流言蜚语，不在乎鲁迅已有妻室，甚至将朱安比作"遗产"来劝说鲁迅："你的苦了一生，就是一方为旧社会牺牲，换句话，即为一个人牺牲了你自己，而这牺牲虽似自愿，实不啻旧社会留给你的遗产，听说有志气的人是不要遗产的，所以粤谚有云——好子不受爷田地——而你这份遗产在法（宗法）又有监视你必要之势，而你自身是反对遗产制的，不过觉得这份遗产如果抛弃了，就没人打理，所以甘心做一世农奴，死守遗产，然而一旦赤化起来，农奴觉悟了，要争回自己的权利，但遗产也没法抛弃，所以吃苦，更有一层，你将遗产抛弃了，也须设法妥善安置，而失产后另谋生活，也须苦苦做工，又怕这项生活遭人排挤，所以更无办法……"

许广平知道鲁迅为了朱安这样一段包办婚姻吃了多少苦，她不忍鲁迅一直这样自我折磨下去，她期望和鲁迅能够活得更自在些，她说："我们是人，天没有叫我们专吃苦的权力，我们没有必受苦的义务，得一日尽人事求生活，即努力做去，我们是人，天没有硬派我们履险的权力，我们有坦途有正道为什么不走，我们何苦因了旧社会而为一人牺牲几个，或牵连至多数人，我们打破两面委曲忍苦的态度，如果对于那一个人的生活能维持，对于自己的生活比较站得稳不受别人借口攻击，对于另一方，新的局面，两方都不因此牵及生活，累及永久立足点，则等于面面都不因此难题而失了生活，对于遗产抛弃，在旧人或批评不对，但在新的，合理的一方或不能加任何无理批评，即批评也比较易立足，则生活不受困，人人可出来谋生，不须'将来什么都不做'，简直可以现时大家做，大家享受，省得先积钱，后苦苦过沽，且无把握，但这样对遗产自不免抛荒，而事实上，遗产有相当待遇即无问题，因一点遗产而牵动到管理人行动不得自由，这是在新的状况下所不许，这是就正当解决讲，如果觉得这批评也过火，自然是照平素在京谈话做去，在新的生活上，没有不能吃苦的。"

对于她自己，许广平更是鼓励鲁迅："至于做新的生活的那一个人，照新的办法行了，在党一方不生问题——即不受党责——在生活一方即能继续，不必因此'将来什么都不做'，而且那么办立时什么都可以做，不必候至民国十七年。"

鲁迅常常担心的问题便是怕许广平和自己在一起是一种"牺牲"，对此，许广平更是坚定地告诉鲁迅，那是他自己的想法，许广平并不认为是"牺牲"："你'一向常常想到的思想'，实在谬误，'将人当作牺牲'一话，万分不通，牺牲的解释，如吾人以牛羊作祭品，在牛羊本身并非愿意甘心的，所以不合，而'人'则不如此，天下断没有人而肯甘心被人宰割，其非宰割，换言之，这一方出之爱护，那一方出之自动愿意，则无牺牲可言，其实天下间即无所谓牺牲，譬如吾人替社会做事，大家认为至当的了，因此有公义而制却私情，在私情上也可以说牺牲，而人们不在意此点，还是向公义上走，即认公义为比较的应为，急为而已。但所谓应，所谓急，随时间环境而异，取其比较合适而为，我认为舍此做法即无合适满意者，我即切实行去，这是我为取舍抉择而知何者当牺牲，何者当取择，天下固不能全有，亦只有取吾所好，既好而取，即得其所，亦即遂吾志愿，此三尺童子所知，而三尺多的小孩子反误解，当记打手心十下于日记本上。"

许广平坚定的理解、支持，以及对爱情的执着、勇敢，深深地打动了鲁迅，鲁迅终于不再犹豫，勇敢地走向许广平。他对许广平说，"无论如何，我还是到中大去。"不再需要缓冲，既然爱人都能够不顾一切和他在一起，他又何必畏畏缩缩，不敢前行呢？

一直存在于鲁迅心中的顾虑，在他和许广平分隔两地后，终于消散开来。他接下了中山大学的聘书，在厦门大学任教四个月后，离开了这座海滨城市，向自己爱人的方向飞奔而去。

第 五 卷

儿女情长情更真

重聚广州仍飘摇

1927 年 1 月 16 日，鲁迅在厦门乘坐"苏州"号海轮前往广州。

看着海轮离开厦门，离开这座他生活了四个多月的城市，鲁迅的心头涌起一丝别样的情怀。想到几个月前，他来这里的时候，心中抱着那么大的期望，他还想要在这里一展拳脚，如何会想到这么快就要离开了这里。壮志未酬，他的内心十分落寞。唯一能够安慰他的也只有和许广平的相聚，想起这些，鲁迅心头的惆怅才散去了一些。当然，他在厦门大学也并非没有一丝收获，与他同行的还有三个学生，都是在厦门大学就一直尊敬、推崇他的学生，如今又为了追随他而要转学去中山大学。

1 月 18 日，"苏州"号缓缓地靠近广州海岸。看着离自己越来越近的海岸线，看着熙熙攘攘的人群，想到离爱人更近一步，鲁迅的心头有些激动。他不禁去想：在中山大学究竟会怎样呢？他的心里十分忐忑，广东省是国民革命运动的策源地，中山大学也是培养革命人才的"摇篮"，鲁迅心中自然还是抱有很大的希望，希望这里和厦门大学不同，希望这里是真正的进步、革命之地。但同时他又担心这里如同厦门一样，并没有施展抱负的机会。他只有在心底默默期望，期望这是一个好的开始。

因为海上行程不确定，所以鲁迅并未告诉许广平他抵达广州的时间。下船后，他找到一家旅馆，匆匆收拾了行李就走出了旅馆的大门。与许广平的分别已有小半年了，心中的思念此时愈加倍增，这使他不顾旅途的劳累，匆匆赶往许广平的家。

许广平和自己的妹妹、寡嫂和侄子住在位于高第街一百七十九号的家中。鲁迅站在门前徘徊了许久，爱人近在咫尺，他却有些胆怯了。他不知道许广平孤身一人的日子是否还好，不知道没有在一起的这些日子会不会让两个人变得陌生。他整理好思绪，走入许广平家的大门，鲁迅终于见到了日思夜想的爱人。让鲁迅欣慰的是，长时间的分隔并没有让两人产生隔膜，他们看着对方，心中都涌出一丝喜悦。他们历经了许许多多的艰难困苦，终于克服了心中的障碍，走到了一起。

他们有许多的话想说，但一时又不知如何开口。但长期形成的默契，他们俩往往只是彼此看对方一眼，就能读懂对方眼中的爱与思念。一切就尽在无言之中。

此时的许广平已经离开了广州女子师范学校。当初许广平欣然回到广州，希望能将自己的所学回报给自己的母校和家乡。但她没想到广州的革命形势会如此复杂，即使一个小小的学校也有许多派系。她与学校的右派学生矛盾重重，派系的争斗甚至令她想去汕头工作，试图来远离这一切。如今鲁迅来到了广州，她打消了去汕头的念头，准备再在广州找一份其他工作。

鲁迅之前已了解了这些情况，在离开厦门时就已有了打算，于是邀请许广平做他的助教。这次轮到许广平有些犹豫，虽说在与鲁迅的关系中，她一直是比较主动的一方，但也许是在家乡的缘故，她也有了一些顾忌，也担心有一些不好的流言。对待感情一向有些怯懦的鲁迅，也许是短暂的分离让他思索清楚了和许广平的关系与未来，变得勇敢起来，他对许广平说："不必连助教都怕做，对语都避忌，倘如此，可真成了流言的囚人了。"许广平看到鲁迅的鼓励与坚持,最终接受了鲁迅的邀请。

寒假期间,许广平带着鲁迅游览了广州的风光,迅速地消除了鲁迅对这座城市的陌生感。在生活上,许广平更是无微不至地照顾着鲁迅,她担心鲁迅吃不惯广州的饭菜,为此没少亲自下厨;又担心鲁迅不适应广州的气候,时时记得提醒他加减衣物。当时恰巧赶上了旧历的新年,许广平担心鲁迅孤单,时刻陪着他身边照顾他。虽然孤身一人在异乡,但鲁迅心中从来没有觉得这么温暖、这么幸福过。

寒假转瞬即逝,鲁迅搬进了中山大学。

中山大学,原名国立广东大学。为了纪念孙中山先生而更名为中山大学。鲁迅的到来受到了中山大学学生们的热烈欢迎,校方还特意为他召开了欢迎大会。鲁迅心中其实并不喜欢这样的欢迎大会,但盛情难却。鲁迅特意在自己讲话时告知大家,自己只是来讲课教书的,并不是什么"革命家"或者"战士"。

谁料学校委员会委员朱家骅却还是在大会上给他贴上了"战斗者""革命者""思想先驱"之类的称号。朱家骅是中山大学的负责人,也是以前鲁迅在北京大学授课时期的同事,鲁迅就是应他的邀请来中山大学授课的。但他殊不知此时的朱家骅已经成为国民党右派中的人物。

鲁迅对此非常反感,他后来给友人的信中也谈到了这点,他说:"我到中山大学的本意,原不过是教书。然而有些青年大开其欢迎会。我知道不妙,所以首先第一回演说,就声明我不是什么'战士''革命家'。倘若是的,就应该在北京,厦门奋斗;但我躲到'革命后方'的广州来了,这就是并非'战士'的证据。不料主席的某先生——他那时是委员——接着演说,说这是我太谦虚,就我过去的事实看来,确是一个战斗者,革命者。于是礼堂上噼噼啪啪一阵拍手,我的'战士'便做定了。拍手之后,大家都已走散,再向谁去推辞?我只好咬着牙关,背了'战士'的招牌走进房里去，想到敝同乡秋瑾姑娘，就是被这种劈劈啪啪的拍手拍死的。我莫非也非'阵亡'不可吗？"

被迫背上"战士"的名号后，鲁迅的生活更加低调起来。而且，在中山大学，鲁迅除了被聘请为文学系的教授外，还兼任教务主任一职。这样一来，除了讲课，鲁迅还要负责许多诸如排课表、安排考试等教务工作。即使有许广平做他的助手，他仍然非常繁忙。除了繁忙的工作，慕名而来的拜访者也很多，还有一些国民党右派也总是来骚扰鲁迅，为此鲁迅不得不挂出了"概不赴宴"的牌子。繁忙的生活使得鲁迅在社会上的声音越来越少，以至于很多谣言甚嚣尘上。有人认为鲁迅是在逃避现实，还发表了《鲁迅先生往哪里躲？》的文章，处处指责鲁迅。

"鲁迅先生！你莫尽自在大学教授室里编你的讲义。……如此社会，如此环境，你不负担起你的使命来，你将往哪里去躲！"

"你不愿意从事文学革命；你又不去做武装者的革命；那么你处在今日的中国，更拿着一种什么革命的东西在领导着一般青年？"

"他到了中大，不但不曾恢复他'呐喊'的勇气，并且似乎在说'在北方时受着种种迫压，种种刺激，到这里来没有压迫和刺激，也就无话可说了'。噫嘻！异哉！鲁迅先生竟跑出了现社会，躲向牛角尖里去了。旧社会死去的苦痛，新社会生出的苦痛，多多少放在他眼前，他竟熟视无睹！他把人生的镜子藏起来了，他把自己回复到过去时代去了，噫嘻！异哉！鲁迅先生躲避了。"

……

面对这种误会和指责，鲁迅心中十分委屈，感到很无奈，他本不予理会，但谣言却愈演愈烈。于是，在他的授意下，许广平也写了一篇题为《鲁迅先生往那些地方躲？》的文章。文中替鲁迅做了辩解，说明鲁迅并未躲起来，只是要集中精力工作，"他是需要'辗转'的生活的，他是要寻找敌人的，他是要看见压迫的降临的，他是要抚摩创口的血痕的。等着有终竟到来的机会，这时候就能够使鲁迅先生在慢慢地吸着烟卷的当儿，涌出不少的情趣，他于是有文章可做了！"

其实，鲁迅确实没有躲起来，他一直都积极地参与革命活动，始终热情地支持广州的学生进行革命活动，而且还同中共驻广州的党组织建立了联系，怎么能说他躲起来了呢？

鲁迅来中山大学之初，住在中山大学大钟楼的二楼。后来，因为来访者的频繁打扰，他便和同样在中山大学的许寿裳在广州东堤白云楼十六号租了房子居住。除了自己的房间和许寿裳的房间，鲁迅还为许广平也预备了一间房，邀她来住。许广平本来有些犹豫，但想到作为助手，住在一起确实更方便，况且她和鲁迅的关系迟早要公布的，再加上鲁迅的真诚邀请，她便也住了进来。

这次，不仅在生活上、许广平在工作上也成了鲁迅的左膀右臂。因为鲁迅的语言不通，许广平就担任了鲁迅的"私人翻译"，陪着他做了许多的演讲。比如鲁迅在香港《无声的中国》和《老调子已经唱完》的演讲，在黄埔中央军校《革命时代的文学》的演讲，在知用中学《读书杂谈》和在广州夏期学术演讲会上《魏晋风度及文章与药及酒之关系》等演讲。

鲁迅的这些演讲都非常精彩，他的演讲往往没有底稿，讲起来更是旁征博引，许广平的翻译工作可见非常困难和辛苦。好在她始终陪伴在鲁迅身边，两个人之间十分有默契，她总能准确地表达鲁迅的意思。使人们既能领略到鲁迅蓝青官话的风采，又能听到许广平广东话翻译的准确意思。可见，许广平在鲁迅工作上的作用不是旁人所能替代的。

鲁迅离开厦门大学来到中山大学，是看重中山大学乃孙中山亲手所创，治学氛围和政治环境一定更为良好，因此鲁迅对中山大学是充满憧憬和向往的。

但以鲁迅的政治敏锐性，他很快就发现了中山大学存在的问题。他发现广州已是危机四伏，各种倒行逆施纷纷上演。鲁迅失望至极。

鲁迅回忆当时的那股失望之情曾说："那时我于广州无爱憎，因而也就无欣戚，无褒贬。我抱着梦幻而来，一遇实际，便被从梦境放逐了，不过剩下些索漠。我觉得广州究竟是中国的一部分，虽然奇异的花果，特别的语言，可以淆乱游子的耳目，但实际是和我所走过的别处都差不多的。倘说中国是一幅画出的不类人间的图，则各省的图样实无不同，差异的只在所用的颜色。黄河以北的几省，是黄色和灰色画的，江浙是淡墨和淡绿，厦门是淡红和灰色，广州是深绿和深红。我那时觉得似乎其实未曾游行，所以也没有特别的骂詈之辞，要专一倾注在素馨和香蕉上。——但这也许是后来的回忆的感觉，那时其实是还没有如此分明的。"

矛盾的开始先是中山大学的顾颉刚事件。鲁迅担任教务主任及文学系主任的职务以来，曾大刀阔斧地进行了一系列改革，取得了显著的效果，但文科主任傅斯年感到了鲁迅的巨大影响力，于是提出聘请顾颉刚来中山大学任教。鲁迅在厦门大学和顾颉刚共事过，知道顾颉刚卑鄙恶劣的真实面目，不愿他来破坏已取得的改革成效，于是坚决反对。鲁迅明确表示："顾来我走！"但傅斯年和顾颉刚过从甚密，也以辞职为要挟力挺顾颉刚。朱家骅等人多次居中调停，但鲁迅始终都坚持自己的做法，为此和校方产生了嫌隙。傅斯年更是不顾他的反对聘请了顾颉刚任教。

在鲁迅还因为顾颉刚的事情愤愤不平时，更让他震惊的"四·一二"政变爆发了，国民党开始了大规模的清洗运动。鲁迅自从到广州以后，对国民党还是抱有好感的，他赞同孙中山的理想，为北伐的节节胜利感到高兴。可是，他没想到的是，他们竟然抓去那么多无辜的人，还要残酷地杀戮被捕者。鲁迅在北京经历了"三·一八"惨案，亲眼看到自己的学生被段祺瑞政府的卫队屠杀，如今又见残杀，他的心头不禁感到悲哀。尤其是那些屠杀者的中间竟然还有许多青年人。在北京时，一些青年学生的冷漠，已经让他深受刺激，现在这种情形更是让他心痛，他说："我至今为止，时时有一种乐观，以为压迫、杀戮青年的，大概是老人。……现在我知道不然了，杀戮青年的，似乎倒大概是青年，而且对于别个的不能再造的生命和青春，更无顾惜。"

鲁迅被眼前的一切深深地刺激了，在事件发生的当天，他不顾个人安危，在学校召开紧急会议，他在会上说："学生被抓走了，学校有责任，校长不出来，现在我来召开会议，请大家来参加。我们应当对学生负责，希望学校出来担保、营救。"可朱家骅却认为："学生被捕，这是政府的事，我们不要对立。"他还认为中山大学是党立的学校，应该听从党的命令。朱家骅始终为国民党的倒行逆施做辩解，对鲁迅的提议百般阻挠，其他人胆小怕事，会议最后无果而终。

鲁迅对这一切都失望至极，因而愤然辞去了在学校的一切职务以表抗议。许广平为了表示对鲁迅的支持，也递交了辞呈。

此后，鲁迅仍然为营救学生四处奔走，但他在此时的辞职又被傅斯年等人含糊其辞，于是鲁迅也受到了国民党右派的监视，他的一些学生甚至被归为"鲁迅党"而遭到迫害。

鲁迅和许广平都希望在广州过上稳定的生活，但眼下看已经是不可能的了。不过，只要两个人能在一起，那么去别的地方生活又有何不可呢？于是，在这样严峻的环境下，鲁迅和许广平辞掉了在中山大学的一切事务，选择离开了广州，离开了中山大学这个是非之地。

共筑爱巢定上海

　　广州是决计不会留下的了，鲁迅和许广平认真地讨论了将来去哪儿的问题。北京既然离开，现在二人情况未定，更是不会回去的了。最终，两人商定到上海去看一看。

　　9月27日，鲁迅和许广平登上了开往上海的"山东"号海轮。鲁迅和许广平看着翻滚的浪花，一时没有说话。广州海岸越来越远，那里曾经是他们的希望，他们原本以为能在那里生根发芽。没想到还是这么快就不得不离开了。二人一时有些惆怅。尤其是鲁迅，厦门、广州接连的失利让他有些灰心。但看到身边始终相随的许广平，鲁迅心中略微舒了口气，他牵起了许广平的手，两人相视一笑，愁云顿时散开不少。虽然离开了广州，但是两人从此时此刻开始就真正的在一起了，那么前面的路在何方，又有什么关系呢？未来虽不能预测，但只要两人同心协力，还有什么是不能克服的呢？于是，二人抛开了离别的愁绪，依偎在一起，看着眼前的碧海蓝天，共同畅谈着对未来的期许。

　　经过一周的海上漂泊，10月3日，鲁迅和许广平如期抵达了上海，他们在码头附近的旅馆住下。

　　听说鲁迅抵沪的消息，鲁迅在上海的朋友纷纷设宴邀请，为他接风洗尘。孙伏园、孙福熙，李小峰夫妇，郁达夫、王映霞等人都对他的到来表示了极大的欢迎。许久未见的朋友借着宴会的机会叙旧，气氛非常热烈。而且，鲁迅这次携许广平来上海，在好友面前，不再像以前一样遮遮掩掩。每次的宴会，鲁迅都带着许广平一同参加，席间也丝毫不回避两人之间的亲密。在郁达夫的一次宴会上，许广平正要喝饭后的咖啡，鲁迅连忙制止了她，说："密司许，你胃不行，咖啡还是不吃的好，吃些生果罢！"这些微小的亲密举动，使鲁迅的好友都看出了他和许广平之间的爱恋关系。

许广平与鲁迅的正式结合是在 1927 年 10 月 8 日，这一年，鲁迅四十六岁，许广平二十九岁。这一天，鲁迅和许广平在朋友的帮助下搬到了上海景云里二十三号，附近还有周建人、叶圣陶等亲友居住。鲁迅和许广平永远也无法忘记这栋小楼，他们就是在这里正式结合。经历了多年的磨炼，他们从师生，到战友，最终到亲密无间的爱人，他们终于冲破了世俗的束缚走到了一起。

鲁迅与许广平在这里正式开始了同居生活。对于名分，许广平并不看重，只要能和鲁迅在一起，其他的事情她并不在意，她说："对兹事亦非要世俗名义，两心相印，两相怜爱，即是薄命之我屡遭挫折之后的私幸生活。"后来，许广平跟周作人、许寿裳同修《鲁迅年谱》时，讲到这一段，初稿的措辞是"与许广平女士以爱情相结合，成为伴侣"，但许广平将其修改为"与许广平同居"六个字。她说："我们以为两性生活，是除了当事人之外，没有任何方面可以束缚，而彼此间在情投意合，以同志一样相待，相亲相敬，互相信任，就不必要有任何的俗套。我们不是一切的旧礼教都要打破吗？所以，假使彼此间某一方面不满意，绝不需要争吵，也用不着法律解决，我自己是准备着始终能自立谋生的，如果遇到没有同住在一起的必要，那么马上各走各的路……"

许广平反对封建思想的束缚，她摒弃了一切世俗的观念，她的胸襟让人敬佩，但他和鲁迅的同居仍然引来了许多舆论。

虽然他们的同居得到了鲁迅部分朋友的支持，但还是招来了许多人尖锐的指责，流言蜚语很快传播开来。

有的人制造谎言，责怪许广平第三者插足，"从中作梗"破坏了鲁迅和朱安的幸福生活。但这些人可曾想到，鲁迅和朱安的婚姻本就是有名无实，怎谈得上是幸福呢？

也有人拿封建传统来指责鲁迅，说他"弃北京之正妻而与女学生发生关系，实为思想落伍者"，还认为许广平只能算是"小妾"或者"姨太太"。这种说法是传统文人对婚姻价值观的一种披露，但不免有些酸腐守旧。他们不能接受的是鲁迅和许广平同居的事实，因为这打破了封建伦理。他们不理解鲁迅和许广平正是打破了这些封建守旧的条条框框的束缚才结合到一起的。

除却世俗的流言，鲁迅和许广平双方的家庭也有很多反对的声音。此时与鲁迅已闹僵关系的二弟周作人，居然还公开声明绝不承认鲁迅和许广平的婚姻，认为他们的婚姻是不合法的。许广平的一些亲属也因此选择跟她断绝了关系。

鲁迅和许广平对他们的行为并不是完全不在意的，但他们已经下定了决心，不可能会因为一些反对的声音而产生动摇。他们两个人是为了爱走到一起的，因此，对于这些流言，对于别人的指指点点，鲁迅和许广平选择了置之不理，以"在一起"作为他们的有力回答。

但是，这些外界的评论在鲁迅和许广平的心中也掀起了波澜，令他们内心有一丝丝的踌躇和不安。毕竟年龄差距和已婚的问题始终都伴随着鲁迅，即使许广平的主动坚定了他的决心，但这些忧虑还是会有些许浮上心头。

而且，鲁迅的身份在文化教育界是有一定影响力的，关注他的人很多，为了不给对立者授以攻击的把柄，鲁迅仍然没有公开和许广平的同居。他将许广平的房间设置在三楼，自己住在二楼，对外说许广平只是自己的助手，帮助他做校对工作。如此小心翼翼，可见鲁迅的慎重与心中的矛盾。

这些外界的环境压力使得一向大胆示爱的许广平也低调了许多，在她怀孕以前，她也不曾跟自己的亲友透露过实情。

当然，他们也只是不想在此时落人口实，毕竟现在的生活还不稳定，还有许多未知的危险，小心一点总是没错。总体来说，他们还是没有理会这些流言蜚语的。

许广平在这一时期所著作的《为了爱》，恰巧点明了许广平的心境。诗中对流言蜚语的不屑，以及对爱情的坚定信念都表露无遗：

> 为了爱
> 我们这样的行。
>
> 一切的经过，
> 看《两地书》就成，
> 那里没有灿烂的花、
> 　没有热恋的情。
>
> 我们的心换着心，
> 为人类工作，
> 携手偕行。
>
> 你孤独了的一生，
> 书中没有说起女人，
> 在十年以前。
>
> 过度的时代，
> 自己"肩了黑暗的闸门"，

让别人生存。

朋友多晓得你，
我的爱人！

在深澈了解之下，
你说："我可以爱。"
你就爱我一人。

我们无愧于心，
对得起人人。

此刻，
有些人忽然要来清算，
横给我们罪名。

说什么："每星期都有信"。
好似我从中作梗。

卑鄙的血液染黑了心，
封建的思想盘据着神经。

他们想拿法律，
来杀普天下人。

在亚当、夏娃的心目里，
恋爱结合神圣；

在将来解放的社会里，
恋爱，再——
志同道合，成就婚姻。
那言语不通，
志向不同，
本来并不同在的，
硬说"佳偶"，
就是想污蔑你的一生。

真理或有时存在，
我将依着进行。
所有那些狡计，
让他发昏，

为了爱，
我这样的行。

这首诗虽然是鲁迅逝世后正式发表的，但其中的言语正能够表明许广平当时的决心。

鲁迅与许广平正式结合，却没有举办任何结婚庆祝仪式，甚至都没有诵知身边的朋友，连喜酒喜糖都没有请大家吃。不过，这却不是为了躲避流言蜚语。鲁迅曾解释说："人们做事，总是做了才通知别人。譬如养了小孩，满月了才吃喜酒，这是不错的。却是为什么，两性还没有同居就先请吃结婚酒呢？这是否算是贿赂，请了客就不会反对了。"

在结婚这件事上，鲁迅和许广平格外低调。也许是前一次不幸的婚姻让鲁迅认识到，不管仪式再烦琐、再正规，如果没有爱，那这些仪式就只是仪式，没有丝毫的意义。就像他和朱安结婚时一样，完全按照传统婚礼的繁文缛节来办，但是仍旧没有任何幸福可言。而他跟许广平是不一样的，他们之间是存在深深的情意的，只要有爱在，那么有没有仪式就都无所谓了。

鲁迅和许广平甚至都没有为房子做任何喜庆的装饰，家具也都是旧的，有些是跟房主借的，有些是他们从旧商店买来的。而装书的大木箱还是当初从北京带走的，从广州又辗转带到上海。

虽然外在看不出一点痕迹，但自从生活在一起后，鲁迅的内心还是发生了很大的变化。尤其是他的心态年轻了很多，精神面貌变化很大，身体也因此好了很多，每天都精神焕发，工作起来也更有干劲儿了。

鲁迅和许广平的生活一切照旧，显得那样平常。但就是在这样平静中，他们开始了幸福的生活。经历了风风雨雨之后，他们终于拥有了幸福美满的婚姻。

忙碌生活现宁静

鲁迅和许广平结婚后，并没有沉浸在二人的感情世界中，而是很快地投入到文艺运动的事业中去。许广平则在鲁迅的身后，默默地为他照顾生活起居，做好他工作的助手。

他们的爱情没有什么风花雪月，就像鲁迅在 1929 年 3 月 22 日给韦素园的信中说的一样，他和许广平的"'新生活'，却实在并非忙于和爱人接吻，游公园，而苦于终日伏案写字"。

这样一来，鲁迅和许广平的新婚生活，就和别人是很不一样的。鲁迅在写作的时候，是很忌讳别人打扰的，许广平回忆起刚结婚时的光景说道："我们初到上海的时候，住在景云里的最末一幢房子里。有一天，差不多是深秋，天快暗了，他还在那里迷头迷脑，聚精会神，拿着笔在写不完的尽写尽写。我偶然双手放在他的肩上，打算劝他休息一下，哪晓得他笔是放下了，却满脸的不高兴。我那时是很孩子气，满心好意，遭到这么一来，真像在北方极暖的温室骤然走到冰天雪地一样，感觉到气也透不过来地难过。稍后，他给我解释：'写开东西的时候，什么旁的事情是顾不到的，这时最好不理他，甚至吃饭也是多余的事。'这个印象给我是非常之深刻的，从此处处更加小心，听其自然了。"从许广平的话中我们不难看到她作为新婚少妇娇憨之态，同时也看到了鲁迅忘我工作情况，让人感受到他们不一样的婚后生活。

虽然他们的婚后生活总是要和无尽的工作打交道，但鲁迅和许广平的感情是超脱于一般夫妻之上的。毕竟他们的感情是有着坚实的师生情谊为基础的，用许广平自己的话说："我自己之于他，与其说是夫妇的关系，倒不如说不自觉地还时刻保持着一种师生之谊。这说法，我以为是妥切的。"许广平也曾天真地问鲁迅："我为什么总觉得你还是我的先生，你有没有这种感觉？"鲁迅听了，也总是温柔一笑，说："你这傻孩子。"正因为许广平心中始终把鲁迅看成是自己的老师，她才能从点滴的生活之中了解鲁迅的品格，才能取长补短向鲁迅学习。

在他们结婚不久后，许广平真的又做了一回鲁迅的学生。早在两人遥居广州、厦门时，鲁迅就希望许广平能学习一门外语。婚后闲谈中，鲁迅再一次提出了这个想法。于是从 1927 年 12 月起，鲁迅开始教授许广平日语。

鲁迅是一个非常尽职的老师，他先是给许广平编写了二十七篇课文，从基础开始，逐步深入，为她讲解。鲁迅的工作很忙，只有晚上有时间讲课，每到夜晚，两人就在一起上课。在每一个宁静的夜晚，他们都用自己的方式进行着心灵的沟通。不必有什么浪漫的约会，这样亲近的上课机会就是他们最好的约会。只花了大约一个月，这本讲义就讲完了，鲁迅又将课本换为《ナイルの草》（即《尼罗河之草》）。这是一本论艺术的书，简明地阐述了艺术的发展史，从原始时代的艺术到埃及的狮身人面像，从中世纪到文艺复兴，从油画到建筑，简直是面面俱到。学习了这本书，许广平不仅提高了自己的日语水平，而且大致地掌握西方艺术的发展概况。这本书许广平学了整整十个月。从 1928 年 10 月 30 日开始，鲁迅又向许广平讲授了日文版的《马克思读本》。鲁迅那时候也是刚刚开始接触马克思主义，他在教授许广平的同时，自己也处在学习的过程中。面对着这新鲜又伟大的真理，他们常常一起讨论，心中不断地产生着共鸣。

为了"培养"许广平，鲁迅可谓是费尽了心思。在这样的授课以及讨论学习的过程中，鲁迅和许广平仿佛又回到了几年前的师生时光，仿佛又回到了热恋的时代，两颗心在不断地切磋磨合中靠得更近了。

除了学习工作的交流，在生活中，许广平仍旧是一个尽职尽责的家庭主妇。她精心照料着鲁迅的起居和饮食，对鲁迅的关照可谓是无微不至。鲁迅的收入有限，为了节省开支，她学会精打细算，缝衣做饭自不必说，她还学会了做棉鞋、打毛衣。鲁迅的所有事务，不论生活还是工作，全都由她一人悉心照料，就连鲁迅也向别人感慨地说："现在换衣服也不晓得到什么地方拿了。"

鲁迅到上海后，虽然不用教书，但生活依然非常繁忙，不论白天还是黑夜，都被他排满了工作。夜深了，许广平因为家务的劳累，不得不在极度疲劳的状态悄然进入了梦乡。而鲁迅却仍旧伏在案前，忙碌、紧张地工作。等他忙完，天已经微微有些亮了，而这时，许广平已经为他做好了早点。鲁迅吃完早点后才躺下休息，许广平接着替他抄写和校对稿件。他们彼此轮流工作，交流虽然很少，但却彼此关怀。许广平的生活也非常繁忙，除了帮助鲁迅的工作，她还要照顾鲁迅的生活起居。看着妻子劳累的身影，鲁迅总是深情地说："我要好好地替中国做点事，才对得起你。"

他们有时也会忙里偷闲，会抽出一些时间，彼此聊聊天。有时在许广平睡前，有时在鲁迅工作疲惫时，尽管时间很短，但他们的内心都感觉很开心。有时，他们也到外面去散散步，或者一起看看画展，有时甚至还去看电影。这种休闲活动大多是由鲁迅提议，除了为了放松休息，更是鲁迅对妻子无微不至照顾的感激。

当然，他们之间也会有小小的风波。深陷爱情中的男人总是有些孩子气的，再加上鲁迅的性格本就倔强，有时因为许广平的话不高兴，他就以沉默来表达自己的不满。有时还会独自一人跑到阳台上无言地睡下，直至许广平把他叫醒。这样的举动让许广平的心中非常难受，时常感到忧郁。不过，慢慢地她也能够理解鲁迅的举动。鲁迅自己也知道这样会给爱人带来伤痛，于是也会不好意思地对许广平说："我这个人脾气真不好。"许广平一听就更加不忍责怪他了。

日夜繁忙的鲁迅在许广平的照料下，精神愈发好了。恰逢徐钦文从杭州来到上海，他看到鲁迅良好的精神状态，便和章廷谦一起邀请鲁迅和许广平去杭州游玩。章廷谦之前就多次邀请鲁迅去杭州散心，但鲁迅工作繁忙都推脱未去。本来，在他和许广平离开广州的时候，他们也商定要去杭州西湖游玩的，但由于紧张繁忙的工作，这个计划被一再地推迟。这一次，鲁迅本来仍然有些犹豫的，但想到自许广平和他结婚后始终繁忙的身影，他还是放下了手头的工作，决定陪许广平去杭州游玩一番。鲁迅的决定让许广平非常开心，她听说祖父做过杭州巡抚，一直想要去实地考察，而且浙江是鲁迅的家乡，她也很想去看看鲁迅生活过的地方。

"上有天堂，下有苏杭"，西湖的风景本就怡人，再加上有许广平的陪伴，鲁迅这次的杭州之行可以说是别有一番滋味。他们在杭州待了四天，先后游览了西泠学社、灵隐寺、虎跑寺等著名景点。鲁迅和许广平玩得非常开心，尤其是在灵隐寺的壑雷亭，许广平看到了"壑雷亭"的牌匾正是自己的祖父所题，她长久以来的心愿得到实现，内心的欣喜可想而知。

除了游玩，他们还吃了许多当地的美食，许多都是许广平以前从未吃过的。她看到鲁迅对那些菜肴赞不绝口，还下定决心以后要学做浙江菜给鲁迅吃。

快乐的时光总是飞快地度过，他们在杭州游玩了四天就返回了上海，因为还有许多的工作等着鲁迅去做。但这四天的游玩，在鲁迅的一生中也只此一次。他总是将精力贡献给事业，难得有自我放松的机会，这次还是多亏了许广平，才有了这次机会，也难怪他的朋友们都称这次杭州之行为他和许广平的"蜜月之旅"了。

回京探亲见朱安

鲁迅和许广平在上海的生活逐步步入正轨，虽然他们有时也会怀念以前在北京的生活，但自从那年离开还从未回去过。1929 年，鲁迅忽然接到了母亲生病的来信，他再三思索，最终决定会北京看一看。自从 1926 年和许广平一起离开北京，鲁迅已经将近三年没有回过北京了。本来他打算带许广平同往，但此时的许广平已经怀有五个多月的身孕，行动不便，再加上他们唯恐刺激到家中的朱安……最终，许广平便留在了上海，由鲁迅一人独自北上。

离开上海，回到北京，鲁迅的心情实在是有些忐忑，他一方面时时担心挂念独自在上海的许广平，另一方面他不知道该怎么面对家中的母亲和所谓的妻子朱安。

鲁讯和许广平的结合，鲁老太太和朱安之前自然已经听到了消息。鲁老太太对此还是非常高兴的。虽然朱安是她为鲁迅选择的媳妇，但给鲁迅带来的痛苦她也看在眼里。鲁迅和朱安根本就没有发展，儿子为此连子嗣也没有，鲁老太太心中自然不是滋味。她有时也会后悔当年逼婚的行为，觉得没能给儿子找到一个满意的媳妇，心中充满了愧疚。看到儿子和心爱的人结婚，鲁老太太也颇有一种如释重负的感觉。

因此鲁迅回到北京后，老太太一见面就问他："为什么不把害马也带过来看看？"当鲁迅告知她许广平已经怀孕，路上行走颠簸多有不便时，鲁老太太就更加高兴了。鲁迅和朱安长期不睦，她没想到自己还能有孙子，因此非常开心。

相比之下，朱安的处境就非常可怜了。

但朱安对于鲁迅和许广平的结合毫不意外，非常平静地就接受了，这大大出乎所有人的预料。

之前，鲁迅从上海寄来和许广平的合照，当时正巧俞芳也在。俞芳看到照片后跟朱安说，她没想到鲁迅居然会和许广平结婚。谁知朱安却说："我是早想到了的。"俞芳很吃惊，问她为什么。朱安答："你看他们两人一齐出去了……"

不得不说，朱安对此事是非常敏感的。不管外面的流言如何，朱安自己清楚地知道鲁迅和许广平之间该是有情意的。虽然和鲁迅没什么共同语言，但她其实非常了解鲁迅的性格，再加上女人对此事天生的敏感，她能猜得到也不奇怪了。甚至连许广平的怀孕她都早早地有了预感。据说在鲁迅回来前的一段时间，朱安做了个梦，梦见鲁迅带了孩子回来，她为此非常气愤。鲁老太太却不以为然，认为有孩子是好事，朱安才平静了心绪。

可是当鲁迅归家后真的带来了许广平怀孕的消息，她仍然是深受打击，心中痛苦异常。俞芳问她以后打算怎么办，朱安哀莫大于心死，她凄凉地说："过去大先生和我不好，我想好好地服侍他，一切顺着他，将来总会好的——我好比是一只蜗牛，从墙底一点一点往上爬，爬得虽慢，总有一天会爬到墙顶的。可是现在我没有办法了，我没有力气爬了。我待他再好，也是无用。"

朱安的话说得何其悲凉啊，她始终清楚自己的位置，虽然她没什么文化，但是这样贴切的比喻大概是别人无法想到的。朱安和鲁迅的婚姻是封建礼教一手促成的。鲁迅能够出国留学,其视野自然更加开阔。而可怜的朱安是没有这样的机会的,出生在封建思想根深蒂固的大家族,从小又被灌输传统的相夫教子的思想,所以她永远也不可能摆脱这段婚姻。但同样作为这段婚姻的受害者,鲁迅比起朱安还是要幸运许多。

正如朱安自己所说的,她如同一只蜗牛,在努力地向上爬,为了挽救这段婚姻,她也做过许多努力,她一直想要改善和鲁迅的关系,但因为和鲁迅不论是生活习惯还是思想人格方面都差距太大,她的这些努力往往都化为一个笑话。在她出嫁的时候因知道鲁迅对小脚的厌恶,特意准备了一双大脚的绣花鞋,在鞋里塞满了棉花。但当她一脚踏出花轿的时候,一只鞋却松落了,她一心想讨鲁迅的欢心,却因掉鞋被当作了不吉的兆头。想来,即使她的鞋未掉,鲁迅也不可能因此对她有所改观吧?婚后面对鲁迅的冷淡,她也想努力地和他沟通,但结果适得其反。鲁迅曾说日本有一种好吃的甜点,她为了讨好说她也吃过。可偏偏中国是没有这种甜点的,她这样的做法只能引来鲁迅的不快。鲁老太太识字,还能看报知道点外面的消息,但朱安却什么也不懂,看着鲁迅和来拜访的女学生侃侃而谈,她自己却只能是无可奈何的。

以前和鲁迅的关系虽不亲近,但朱安的心底总还是有一丝期盼的,但伴随着鲁迅和许广平的结合以及许广平的怀孕,她心中那微弱的希冀也彻底被粉碎了。她曾向人诉苦说:“老太太嫌我没有儿子,大先生终年不同我说话,怎么会生儿子呢?”她日常生活的重心就是侍候鲁老太太,她内心的凄苦怕是无人能够体会。但从小的教养并不会让她就此离开鲁迅,“嫁鸡随鸡,嫁狗随狗”的思想已经根深蒂固,不能服侍鲁迅,她也还要继续照顾婆婆,“看来我这一辈子只好服侍娘娘一个人了,万一娘娘归了西天,从大先生一向的为人看,我以后的生活他是会管的。”

鲁迅也确如她所料，并没有因为和许广平的结合而弃她于不顾。虽然在五四运动之后，风气渐开，许多与鲁迅一样受旧式婚姻束缚的作家都挣脱开来，开始了全新的生活，但鲁迅没有。有人劝鲁迅离婚，鲁迅也曾慎重地考虑过这个问题，但他最终没有做出这样的选择。按照绍兴的习俗，如果他和朱安离婚，那么朱安就会被认为是被夫家休了，她将面临的是家人的歧视和舆论的谴责，甚至她的整个家庭都会因此而"蒙羞"，为此自杀的女人不在少数。鲁迅虽对朱安没有感情，却也有一丝愧疚与不忍。他在《随感录四十》中谈道："在女性一方面，本来也没有罪，现在是做了旧习惯的牺牲。我们既然自觉着人类的道德，……又不能责备异性，于是只好陪着做一世的牺牲，完结了四千年的旧账。"显然，他宁可选择自己背负，"陪着做一世的牺牲"，也不愿和朱安离婚，毕竟朱安比起他还要更加的不幸。

朱安也同样做了一世的牺牲，甚至在鲁迅去世后，她还在北京的宅院里设立了灵堂，身着孝服为鲁迅守灵。朱安临死前，身边空无一人，她留下遗言说："灵柩回南，葬在大先生之旁。"但这个愿望显然是无法实现的，她被葬在北京西直门外保福寺村她侍候了一辈子的鲁老太太身旁。

她始终觉得自己是鲁迅的妻，只是不受喜爱罢了。爱情本没有对错之分，鲁迅与朱安的婚姻是不幸的，但毕竟朱安从小受到的教育即是如此，他们俩的结合让人觉得可悲可叹。

婚后小别情更浓

鲁迅回北京后，许广平一个人留在上海，晒晒太阳看看书，倒也悠闲自得。

期间，许广平给好友常瑞麟写了一封信，信上讲明了自己和鲁迅相恋的始末，这是她第一次公开和鲁迅的关系：

说到经济，则不得不将我的生活略为告诉一下，其实老友面前，本无讳言，而所以含糊至今者，一则恐老友不谅，加以痛责，再则为立足社会，为别人打算，不得不暂为忍默，今日剖腹倾告，知我罪我，惟老友自择，老友尚忆在北京当我快毕业前学校之大风潮乎，其时亲戚舍弃，视为匪类，几不齿于人类，其中惟你们善意安慰，门外送饭，思之五中如炙，此属于友之一面，至于师之一面，则周先生 (你当想起是谁) 激于义愤 (的确毫无私心) 慷慨挽救，如非他则宗帽胡同之先生不能约束，学校不能开课，不能恢复，我亦不能毕业，但因此而面面受敌，心力交瘁，周先生病矣，病甚沉重，医生有最后警告，但他本抱厌世，置病不顾，旁人忧之，事闻于我，我何人斯，你们同属有血气者，又与我相处久，宁不知人待我厚，我亦欲舍身相报，以此脾气，难免时往规劝候病，此时无非惺惺相惜，其后各自分手，在粤他来做教师，我桑土之故，义不容辞，于是在其手下做事，互相帮忙，直至到沪以来，他著书，我校对，北新校对，即帮他所作，其实也等于私人助手，以此收入，足够零用，其余生活费，则他在南京有事（不须到）月可三百，每月北新版税，亦有数百（除北京家用）共总入款，出入还有余裕，则稍为存储于银行，日常生活，并不浪挥，我穿着如你所见，所以不感入不敷出之苦，这是我的生活，亦是我的经济状况，周先生对家庭早已十多年徒具形式，而实同离异，为过度（渡）时代计，不肯取登广告等等手续，我亦飘零余生，向视生命如草芥，所以对兹事亦非要世俗名义，两心相印，两相怜爱，即是薄命之我屡遭挫折之后的私幸生活。"

许广平还告知了自己怀孕的事情，面对他人可能会得知这个情况，许广平已经做好了心理准备，"今日他到北平省母，约一月始回，以前我本打算同去，再由平往黑看看你们，无奈身孕五月，诚恐路途奔波，不堪其苦，为他再三劝止，于是我们会面最快总须一二年后矣。纸短言长，老友读此当做何感想，我之此事，并未正式宣布，家庭此时亦不知，知之为知之，不知为不知，谅责由人，我行我素，毓妹来沪，亦未告知，如有人问及，你们斟酌办理，无论如何，我俱不见怪。现时身体甚好，一切较以前健壮，将来拟入医院，正式完其手续，可勿远念。"

这封信是鲁迅和许广平第一次以文字的方式告诉别人他们在一起并且有孩子的事实。从信中可以看出，他们二人的关系此时并未公开，连许广平的家人也还不知道。但她与鲁迅在一起的决心此时已表露无遗。

从 5 月 13 日离沪到 6 月 3 日归来，鲁迅在北京待了整整二十天。这是他们结合后的第一次分别，对于这对新婚的恋人来说无疑是饱尝一种折磨。在这短短的二十天中，两个人总共写了二十一封信，其中鲁迅写了十一封，许广平写了十封，几乎是每天都要写信。这样频繁的通信不难看出两人的思念，也能感受到他们之间的情真意切。

最先写信的是许广平，随着鲁迅登上北上的火车，她的心也跟着鲁迅一起飞走了，于是鲁迅走的当天她就写了封信，"今天是你头一天自从我们同住后离别的第一次，现时是下午六点半，查查铁路行车时刻表，你已经从浦口动身开车了半小时了，想起你一个人在车上，一本文法书不能整天捧在手里，放开的时候，就会空想……"

在信中，许广平还亲切地称鲁迅为"小白象"，自称"小刺猬"。"小白象"的由来是因为林语堂的一篇文章，文章中将鲁迅誉为"白象"，大象多是灰色，鲁迅在中国难能可贵，因此是"白象"。许广平在前加一"小"字，就变成了对鲁迅的爱称。而"小刺猬"是缘于鲁迅在北京时买的一个小刺猬镇纸，他非常喜爱，因此就演变成了对许广平的爱称。担心鲁迅路上的安全，虽然满是思念，但许广平还是希望鲁迅能快点到北京，她说，"小白象，现时是十四日下午六时廿分，你已经过了崮山快到济南了，车是走得那么快，我只愿你快些到目的地，以免路中挂念。"

鲁迅一到达北京，安顿下来，也立刻写信给许广平，除了称"小刺猬"，他还亲昵地称她为"乖姑"，"久说必须回家一趟，现在是回来了，了却一件事，总是好的。此刻是十二点，却很静，和上海大不相同。我不知乖姑睡了没有？我觉得她一定还未睡着，以为我正在大谈三年来的经历了。其实并未大谈，我现在只望乖姑要乖，保养自己，我也当平心和气，度过预定的时光，不使小刺猬忧虑。"

鲁迅走后，许广平几乎每时每刻都在思念鲁迅，恨不得时时写信给鲁迅，写信成了她日常的必备，"今天下午刚发一信，现时又想执笔了，这也等于我的功课一样，而且是愿意习的那一门"。

自从两人生活在一起，鲁迅的起居都是许广平在亲力亲为地照顾，猛地分开，她非常不习惯，在鲁迅要起床的时间都还会醒来，于是思念更甚："我记得你那句总陪着我的话，我虽一个人也不害怕了，两天天快亮都醒，这是你要睡的时候，我总照常地醒来，宛如你在旁预备着要睡，又明知你是离开了。但古怪的感情，这个味道叫我如何描写？好在转瞬天真个亮了，过些时我就起床了。"许广平是热情且直白的，她的这些思念从不回避，都一一写信告诉鲁迅，为了鲁迅能更快收到自己的信，她更是要亲自送到邮局："我寄你的信，总喜欢送到邮局，不喜欢放在街边绿色铁筒内，我总疑心那里是要慢一点的，然而也不喜欢托人带出去，于是我就慢慢地走出去，说是散步，信收在衣袋内，明知被人知道也不要紧，但这些事自然而然似觉含有秘密性似的。信送到邮局，门口的方木箱也不愿放进去，必定走到里面投入桌子下，心里又想，天天寄同一名字的信，邮局的人会不会古怪？挽救之法，于是乎用别号的三个较生眼的字，而不用常见的二字，这种思想，自己也觉得好笑，但也没有支配这个神经的神经，就让他胡思乱想罢。当走去送信的时候，我忆起有个小人夜里走到楼下房外信局的事，我相信天下痴呆不让此君了。但北平路距邮局远，自己总走不便，此风万不可长，宜切戒！！！！"

尽管与鲁迅的通信来往颇为频繁，但许广平的思念却并未因此减少分毫，用她自己的话来说："无论如何，不在面前，总是要牵连着的"。她与鲁迅的信中讲述的都是生活中的琐事，但正是这些琐事才更能体现出两个人的感情。

"我这两天因为没甚事体，睡的也多，食的也饱，昨夜饭曾添了二次，你回来一定见我胖了。我极力照你的话做去，好好的休养……"她不仅关心鲁迅的身体，也知道鲁迅牵挂着自己，她知道怎样才能让鲁迅安心，因此即使饱受思念折磨，她也极力照顾好自己的身体，让鲁迅能在北京安心做自己的事情，"你的乖姑甚乖，这是敢担保的，他的乖处就在听话，小心体谅小白象的心，自己好好保养，也肯花些钱买东西吃，也并不整天在外面飞来飞去，也不叫身体过劳，好好地，好好地保养自己，养得壮壮的，等小白象回来高兴，而且更有精神陪他。他一定也要好好保养自己，平心和气，度过预定的时光，切不可越加瘦损，已经来往跋涉，路途辛苦，再劳心苦虑，病起来怎样得了！"

许广平担心自己不在身边鲁迅不能好好照顾自己，又知道鲁迅担心她比担心自己更甚，于是还以此来劝告鲁迅照顾好身体："你近来可较新回去时安静些否，你总要想起小刺猬，想起你的乖姑不愿你吃苦，你体谅这点心，自己好好地。"

"小刺猬的生活法，据报告，很使我放心。我也好的，看见的人，都说我样子比出京时稍好，精神则好得多了。这里天气很热，已穿纱衣，我于空气中的灰尘，已不习惯，大约就如鱼之在浑水里一般，此外却并无不舒服。"许广平的这种体谅，鲁迅心底非常清楚，也非常欣慰，"我是好的，能食能睡，加以小刺猬报告她的近状，知道非常之乖，更令我放心。"

此时的鲁迅哪有一点平时的犀利，他的语气中透露着温柔与关怀，处处展现着他身为男人的温柔面，"小刺猬，这里的空气，真是沉静，和上海的动荡烦扰，大不相同，所以我是平安的；但只因为欠缺一件事，因而也静不下，惟看来信，知道小刺猬在上海也很乖，于是也就暂自宽慰了。小刺猬要这样继续摄生，万勿疏懒才好。"

"现在精神也很好，千万放心，我决不肯将小刺猬的小白象，独在北平而有一点损失，使小刺猬心疼。"正如许广平所料，鲁迅关心她确实超过关心自身，他们都设身处地地为对方着想，这大概就是相濡以沫吧。

鲁迅给许广平的信中不可避免地要提到母亲和朱安对于他们在一起的事情的态度。他在信中这样写道："关于咱们的故事，闻南北统一以后，此地忽然盛传，研究者也很多，但人抵知不确切。上午，令弟告诉我一件故事。她说，大约一两月前，某太太对母亲说，她做了一个梦，梦见我带了一个孩子回家，自己因此很气愤。而母亲大不以气愤之举为然，因告诉她外间真有种种传说，看她怎样。她说，已经知道。问何从知道。她说，是二太太告诉她的。我想，老太太所闻之来源，大约也是二太太。而南北统一后，忽然盛传者，当与陆晶清之入京有关。我因以小白象之事告知令弟，她并不以为奇，说，这也是在意中的。午前，我就告知母亲，说八月间，我们要有小白象了。她很高兴，说，我想也应该有了，因为这屋子里，早应该有小孩子走来走去。这种'应该'的理由，和我们是另一种思想，但小白象之出现，则可见世界上已以为当然矣。"

鲁迅回到北京，就不得不面对他和许广平在一起后的众多舆论。他以前虽有担心，但现在更多的却是在一起的决心，他说，"看现在的情形，我们的前途似乎毫无障碍，但即使有，我也决计要同小刺猬跨过它而前进的，绝不畏缩。"

"我对于一切外间传言，即最消极也不过不辩，而大抵以是认之时为多，是是非非，都由他们去，总之我们是有小白象了。"鲁迅并不在意坊间的舆论，有什么能抵得过他和许广平在一起的幸福生活呢？"小刺猬，我们之相处，实有深因，它们以它们自己的心，来相窥探猜测，哪里会明白呢。"爱情本就是两个人的事，在高长虹事件后，鲁迅就已经深深地明白这一点，他可以奋不顾身地去爱，去呵护着自己的家庭。

不过鲁迅这次回京也是有意想要考察一下北京的生活环境，但此次看来，此时的北京似乎还是不适合他和许广平，更不适合他们即将出生的孩子，他在信中也告诉了许广平自己的决定："我却并不愿意小白象在这房子里走来走去，这里并无抚育白象那么广大的森林。北平倘不荒芜下去，似乎还适于居住，但为小白象计，是须另选处所的。这事俟将来再议。"

爱情结晶喜诞生

在鲁迅和许广平的家庭生活中，他们最大的欢乐就是有了爱情的结晶——儿子海婴。

鲁迅和许广平因时间、精力有限，再加上经济并不宽裕，本来是不打算要孩子的。但真当这个孩子意外来临的时候，两个人心中还是非常高兴。特别是鲁迅，他此时已将近五十岁，可谓是老来得子，不但有了真挚的爱情和美满的婚姻，还有了孩子，这是他以前不敢想象的，他心中的欣喜可想而知。

1929 年 9 月 26 日上午，许广平感到阵阵腹痛，她和鲁迅的爱情结晶就要来到人间。年近五十的鲁迅十分兴奋，他的身体因过度劳累而有些发烧，但得知妻子即将生产，他的病就仿佛立刻痊愈了一样。鲁迅把许广平送到了医院，但孩子却迟迟生不下来。面对许广平的难产，医生征求鲁迅的意见，问他留小孩还是留大人，鲁迅毫不犹豫地选择了留大人。27 日清晨，经过了二十七八个小时的阵痛，鲁迅和许广平的儿子海婴终于诞生了。看到许广平艰难生下的孩子，鲁迅抱怨说："是男的，怪不得这样可恶。"但是如今看到母子平安，他心底是庆幸且高兴的。

第二天，鲁迅满面欢悦地拿着一棵小巧玲珑的松树来到医院，送给了许广平。这棵青松为病房添加了一抹生机，就像是孩子给他的生活也带来了一丝绿意。鲁迅几乎每天都要往医院去两三次，亲自给许广平送来食品和其他用品，有时还领着几个前来庆贺的朋友。像每个刚做父亲的人一样，他自豪地向朋友夸赞自己的儿子。看着儿子沉睡的脸，他总是说："真像我。"但又不好意思地补充道："我没有他漂亮。"看着鲁迅因幸福而有了红晕的脸庞，许广平的心中异常满足。

从孩子生下来，鲁迅和许广平就在商量孩子的名字。在儿子出生后的第四天，鲁迅又问许广平有没有想到什么好的名字，许广平说没有，鲁迅便说他倒是想起两个字，不知道合适不合适，让许广平帮他参考："因为是在上海生的，是个婴儿，我叫他海婴。这名字读起来颇悦耳，字也通俗。但却绝不会雷同。……如果他大起来不高兴这个名字，自己随便改过来也可以，横竖我也是自己再另起名字的，这个暂时用用也还好。"许广平略一思索，立刻就同意了这个名字。

鲁迅和许广平还为海婴起了一个小名，叫"小红象"，和鲁迅的昵称"小白象"遥相呼应。

许广平出院回家后，为了照顾她，也为了海婴不受香烟的熏呛，鲁迅将工作从二楼搬到了一楼。但不论再忙，他每天也要花一点时间去抱一抱海婴，和儿子嬉戏一番才继续工作。这个在革命中斗志昂扬的男子，在他的家庭生活中越来越表现出柔情的一面。

1932 年 11 月，鲁迅为探母病而再次北上。儿子刚出生不久，许广平仍旧未能同行。鲁迅这次回京探亲用了二十一天，这期间他给许广平写了七封信，而许广平给他写了十一封。尽管海婴已经出生，但这并未影响他们的感情，他们仍旧频繁通信，不过和上次不同的是，他们的通信内容已经不仅仅是对对方的思念，更多的围绕着儿子海婴。

鲁迅走后，仍旧是许广平先写信给他，信中写道："今午寄出当天的报，狗屁昨日一针，大有效果，除你知的昨十日上午三次便下午针后一次便（但此不能即见效时间太暂也）夜间平安，你去的今早上亦未大便，直至午后便一次，甚厚，似糨糊状，此后直至寝时未再便，今日仍往打针，并开一水药方，嘱明天换，又嘱明天再去，吃物仍为流质，已照办，依情形看，此回不似前回费手，自然我亦加倍小心，因为你不在旁的缘故，但我亦不加倍辛苦勿念。狗屁也问爸爸几次，同他说（我想直说好）去看娘娘病了，他问：娘娘在哪里，我说：个远个远的地方叫北平，他说：啥辰光回来啦，是弟弟困困醒个辰光吧，我说：勿是的，要多多辰光的，他也就不响了。我想你记挂他，就写此几行，以后再谈罢。"

海婴的生活日常是许广平的信中必定要提到的，第二天她又接着写道："今天带海婴到医院，头一个先看，昨日下一次便已有信提及，今早也一次，亦带给医生看，亦打针，说明天仍去，打针否再临时定，看情形是快好的。狗屁甚乖，不似昨天吵讨爸爸的多了，也似乎不十分疙瘩，今日给他三次奶一次鸡汤，另外一些糖，饼，两用人也还顺当，现时似颇听话不必我淘气的样子。……午间冯公来，将书交出，由他写便条托人带去。想其忙甚，手中又带有新出的香烟八罐大约想送你的，知你不在，带回去了，但被狗屁扣留了一罐，他以为凡客人带来的东西，都是给他的，真真要命。我想起北平从前市场上有玻璃盒子的雪景山水树木人物，装成一盒（小的两角钱一盒），颇好看，如有兴致带几盒来，送送书店老板，及山本少爷和狗屁阿菩之流也好的，以其轻而易取，另外旁的北京玩意也好，但非必需，路上不方便就不必带来了，我是因这张纸有空随便谈谈的，这一两天怕你记挂狗屁毛病，所以不依约的写信，寄出以后或疏懒些，不至于打手心吧！"

"狗屁昨日（十三）竟日没有撒屎，仍打一针，医生说：如此稳当些。今早看报，知你的车误点两时半幸而仍能前行，料想三时多可到寓了。今早看医生前，狗屁已大便了，成干团，再成条，成绩甚佳。医生一看，不必打针，并且许可吃粥及鲜鱼，狗屁听见甚欢喜，他说医生好的，御家样不好（看护），因针是她送来的。……这两天给狗屁除牛奶外，添吃鸡汤，今天更添一次粥和鱼，预料你回来时，必已复原加胖，如果没有再生毛病的话。"这期间正巧海婴生病，鲁迅非常挂念，所以许广平每封信里都将海婴的情况讲得很详细，"海婴两日来仍吃粥，今日鸡汤已厌，大便在晚饭后，成硬条，每天一次，大约差不多全好了，医生嘱明天去看，届时当携之往。他晚饭后忽然说"可怜可怜"，问他什么'可怜'，他说爸爸说的'可怜可怜'。问他啥事体'可怜'，他说：糖糖弄到手里，爸爸说：'可怜可怜'，这忽然的记起来述说一番，甚有趣。他日来很乖，也不大钉我，在我旁边，我也能做工，我的做工，连日都是闲空则抄《两地集》。"

因着小人儿生病，鲁迅的思念之情更甚，他几乎每封信里都要问道"你及海婴好吗，为念"或是"你们母子近况如何，望告知，勿隐"。尤其是他孤身一人在北京，"北平似一切如旧，西三条亦一切如旧，我仍坐在靠壁之桌前，而只一人，于百静中，自然不能不念及乖姑及小乖姑，或不至于嚷'要PaPa'乎。"

许广平看鲁迅如此挂念，在后来的信中，就把海婴的日常生活写得更加详细生动，"午饭后海婴吵出去，于是携他同二女仆往王处约其女及仆同往广东戏院看中国电影，只买五人票，小洋十五角甚便宜，王和我都觉片不佳，而用人则得意极了，狗屁不肯安坐，幸人少我们独占楼上前排，由他扒来扒去，他是乘（凑）热闹，看戏程度还不够，但回来仍不肯脱鞋袜，说留等明天再看影戏云。夜间困得甚好。……海婴和前几天差不多，精神也好，自己躺在躺椅上装做爸爸，说爸爸回来了，要老娘姨叫他，又命令人问他哪里来的，他就答看娘娘毛病好回来的。昨天午觉困醒吵吃新鲜物事，没有法子，给了两块松子糖给他，他问哪里来的，我说北平娘娘们寄给弟弟吃的，他又问为什么寄给弟弟吃的，我说，因为弟弟乖，他也就非常高兴，快吃完了，就从糖肉拣出松子来集拢，糖给我，说弟弟弗欢喜吃这个。"

鲁迅看到这些后非常高兴，海婴生活的画面好像就在他眼前一般。他对海婴的感情极深，甚至还曾因鲁老太太没有把海婴的照片挂在墙上而不满，后来得知了鲁老太太的用意后才释怀："昨得十五日来信，我相信乖姑的话，所以很高兴，小乖姑大约总该好起来了。我也很好；母亲也好得多了，但她又想吃不消化的东西，真是令人为难，不过经我一劝，也就停止了。她和我谈的，大抵是二三十年前的和邻居的事情，我不大有兴味，但也只得听之。她和我们的感情很好，海婴的照片放在床头，逢人即献出，但二老爷的孩子们的照相则挂在墙上，初，我颇不平，但现在乃知道这是她的一种外交手段，所以便无芥蒂了。"

海婴的诞生给鲁迅的生活带来了很大的变化，比如他工作时不能被打扰的习惯在海婴这里就轻而易举地被打破了，许广平有时候批评海婴不让他打扰，鲁迅甚至还会出言解围。鲁迅曾斥责国人"只会生，不会养"，现在他自己有了儿子，在孩子的教养问题上自然就格外用心。对于海婴的成长教育，鲁迅采取的态度是顺其自然，为了助长小孩子的天性，对其并不多加干涉和约束。所以海婴的学习生涯非常轻松愉快，鲁迅从不额外布置学习任务。只要海婴完成了学校的功课，就可以尽情玩耍。

鲁迅在夜深人静写文章的时候，有时会遇到院子的猫不停地叫唤，影响他的思路。于是鲁迅就会拿一个装香烟用的空铁盒子扔到楼下去赶猫。海婴也知道父亲的这个习惯，为了方便父亲再次使用，他经常在第二天早晨把盒子捡回来，放回原处。

鲁迅热爱艺术，在写信时也非常讲究。他会根据写信的对象来选择不同的信笺，因此买了很多信笺以供选择。有趣的是，他总是等到海婴放学的时候来挑选信笺写信。海婴后来回忆，只要他看见父亲拿信笺写信，自己就很积极地帮他挑选。当然，年幼的他并不懂得信笺的含义，如果他挑选的信笺图案、内容和鲁迅写信的对象不符合，鲁迅就会委婉地告诉他信笺的含义，跟他商量重选。

上海的夏天非常炎热，那年代连电风扇也没有，海婴常常热得满身起痱子。每当这种时候，鲁迅就自己调痱子药水给海婴涂抹。许广平就在一边为他们扇扇子，一家人其乐融融，好不惬意。

当然，鲁迅虽然疼爱孩子，但并不娇惯。遇到海婴真的淘气时，他就把报纸卷起来打海婴几下。鲁迅给母亲的信中曾提到过，"打起来声音虽然响，却不痛的"。

鲁迅以前一向很讨厌留声机的声响，尤其是在他构思文章时，留声机的声音会对他造成干扰。但因为海婴喜欢，鲁迅特意买来送给他。因为开始买来的留声机没有按照海婴要求的形状、大小，鲁迅还为他一连换了三次。其实这也不算娇惯，只是鲁迅觉得答应了孩子的事情就应该做到。但显然不是所有人都这样想。

鲁迅对海婴的宠爱众所周知，但也因此引来非议，认为他过于溺爱孩子。鲁迅非常气愤，写下一首诗来反驳："无情未必真豪杰，怜子如何不丈夫？知否兴风狂啸者，回眸时看小於（于）菟。"这首《答客诮》体现了鲁迅爱子之情，可以说是他的爱子宣言。当然，这首诗也不仅仅是他回答别人对他爱孩子的讥讽，也是他对革命后代的期望。

他本就老来得子，有些宠爱孩子也并不为过，在许广平还有海婴的身上，这位"横眉冷对"的革命者，一直展现着他柔情似水的一面。鲁迅在给李秉中的信中曾写道："我本以绝后顾之忧为目的，而偶失注意，遂有婴儿，念其将来，亦常惘怅，然而事已如此，亦可奈何，长吉诗云：已生须已养，荷担出门去。只得加倍服劳，为孺子牛耳，尚何言哉。"鲁迅言明，既然海婴已经出生，就该尽心尽力去抚养。在抚养海婴的过程中，喂食洗澡他都亲力亲为，这不过是一位父亲真挚的爱，哪里用得着别人来指责呢？

海婴的出生为鲁迅紧张繁忙的生活带来了许多的乐趣，可以想象，如果没有许广平和海婴的陪伴，鲁迅的生活将会是多么的凄苦。正是由于有了妻子的支持和儿子的陪伴，鲁迅才能够全身心地投入到轰轰烈烈的革命事业中去。

第六卷

相濡以沫共艰危

第六章

目录之六之成就

默默守护情意真

鲁迅和许广平在上海定居下来，生活逐渐稳定。在厦门大学和中山大学的经历，让鲁迅不再愿意教学，他说："政、教两界，我不想涉足，因为实在外行，莫名其妙。"他婉拒了教育界的各种邀请，在家专心致志搞文艺创作。

为了响应鲁迅，许广平和几个校友创办了杂志《革命的妇女》，二人的事业相呼应。身为拥有新思想的女性，许广平是不甘寂寞的，她希望能保持经济上的独立，希望能有一份自己的事业。她从小就性格倔强，有自己心底的坚持，之所以拒绝马家的婚姻也是因为不能忍受旧式的婚姻，不能没有自己自由翱翔的空间。于是，她托好友许寿裳介绍一份教育界的工作。在许寿裳的帮助下，很快为许广平找到了一份教职工作。

许广平很高兴，她觉得自己又能继续为革命事业贡献自己的一份力量。她和平时一样，立刻兴冲冲地跑去想要与鲁迅分享她的心情，然而鲁迅却并未像她想得那样高兴，反而有点难过。他沉默了一阵，看了许广平几眼，欲言又止，最后纠结地对她说："这样，我的生活又要改变了，又要恢复到以前一个人干的生活中去了。"听了这话，许广平激动的心情一下了冷静了下来。她之前并未想到这一层，没有想到鲁迅已离不开她的全力支持。她只顾着要做一只翱翔在高空的飞鸟，却忽略了伴侣的寂寞。鲁迅用近乎哀求的语气对她说："你还是在家里不要出来，帮助我，让我写文章吧。"许广平心中非常挣扎，她是多么想要拥有一份自己的事业啊。但她也意识到，一个拥有爱情的家对鲁迅来说是何其重要的。生活中不可能事事都是主角，总需要别的事物来陪衬。一出好的戏剧也一样，一个人的演出总是有些单调。于是，许广平认识到，她不仅仅要做鲁迅情深义重的伴侣，更要做他身边风雨同舟的战友。所以，许广平改变了心意，即使她非常希望能闯出一片自己的天地，但她还是决定留在家中将自己全部的才智都用来辅助鲁迅，不仅做他家庭生活的贤内助，更要成为他事业的贤内助，让鲁迅在革命事业的道路上能够义无反顾地前行。

但许广平并不是就此就沦落为一名只在家相夫教子的家庭妇女，即使在家中，她也展现着自己的价值。她与那些封建社会的传统女性不同，在生活中，她是妻子、母亲；但在鲁迅工作的时候，她就俨然变身为他的助理。她替鲁迅誊稿、翻译，帮他邮寄信件，为他出谋划策。她的作用不仅仅是对鲁迅的一种辅助，她在鲁迅背后默默付出的同时，也保持着自身的独立性。蒋锡金《长怀许广平先生》里是这样描写她的："她对自己的婚姻生活是一种牺牲，是一种自愿的牺牲，并不是受了什么恳请或逼迫；作为一个追求独立人格的女性先锋，并不以牺牲为满足。因为牺牲，在某种意义上，就是对自己独立价值的否定。如果是完全的、绝对的否定，就与封建的妇道没有明显的区别了。但许广平毕竟是许广平，即使牺牲的意向已定，仍然要保留她自己的某种独立性。"

在生活上，许广平一直非常细心周到。为了让鲁迅能够全身心投入工作，她承担起了所有的家务。她为鲁迅学习做绍兴菜，合理地搭配饮食，每日的菜虽然简洁却也费了许多心思。鲁迅经常通宵工作，她就每天早上六点起床为鲁迅泡茶、做早餐。许广平对鲁迅的照顾无微不至，还亲自买布料和毛线，为鲁迅缝制衣服和鞋子。甚至煤炭米面用完了，都是许广平自己去买，根本不用鲁迅分一点心。

除了繁重的家务，许广平还成了鲁迅的"私人助手"。鲁迅著书的过程中，她帮他查找资料，购买图书，完稿后再帮他校对；鲁迅有时需要邮寄信件，也是许广平负责到邮局投递的。这些工作看似枯燥，但对于许广平来说，却是一种和鲁迅的交流，乐在其中。鲁迅的文章，许广平都是第一个阅读者，她总能提出一些鲁迅也一时未想到的意见，许广平说："每次文章写完尽给我先看的，偶然贡献些修改的字句或意见，他是绝不孤行己意，很愿意地把它涂改的。"许广平俨然成了鲁迅的全职秘书，从誊写稿件、整理图书到邮寄资料，都由她全权负责。

因着对鲁迅的敬仰和爱慕，许广平总是细心地保存着鲁迅的手稿。鲁迅有的文章甚至都是许广平从废纸篓中拣出来的，比如刊登在 1941 年 11 月《奔流新集之一·直入》上的《势所必至，理有固然》。她平时还细心观察鲁迅的生活，并细致地记录下来，这些资料后来经鲁迅修正后，以《片段的记录》收入到《关于鲁迅的生活》中。不得不说，许广平的眼光是相当长远的，她为后世留下了一笔宝贵的财富，为鲁迅研究做出了巨大的贡献。

正是由于许广平的默默奉献，才使得鲁迅能够全身心地创作。鲁迅非常清楚自己能够专心致志工作的背后，许广平到底牺牲了多少。他的内心充满了感激，因许广平小名叫霞，他特意在一些翻译作品中署名"许霞"来表达自己对许广平的感情。

许广平对鲁迅做出的牺牲和贡献是举足轻重的，正如海婴后来所说："父亲在跟母亲共同生活的十年中，在写作方面所取得的成绩竟超过了以前的二十年，这就是对我母亲自我牺牲所作出的巨大报偿。"

清苦生活共相守

1934 年 12 月 9 日，鲁迅偶然间买到《芥子园画谱》三集，是上海有正书局的翻刻本，非常难得，鲁迅和许广平都很喜欢。思及与许广平的情谊，鲁迅还在上面题诗一首：

> 十年携手共艰危，以沫相濡亦可哀；
> 聊借画图怡倦眼，此中甘苦两心知。

这首诗表达了鲁迅对许广平的感激与爱恋，是他们风风雨雨一路走来的真实写照。

决定投身于文艺创作后，鲁迅的生活非常忙碌，白天他要参加一些活动，晚上还要接待来访的客人，真正能专心创作的时间都是在后半夜，非常辛苦。

许广平毕竟是女性，没有鲁迅那样的体力，当夜晚鲁迅开始写作时，她就开始休息。但是，每天早晨六点钟，许广平就会准时醒来，为鲁迅准备早点和茶水。当鲁迅忙完了一晚上的工作浑身疲惫不堪之时，看到桌子旁贴心的早点，鲁迅心中的感动溢于言表。革命事业如此辛苦，鲁迅内心也许也会有疲惫不堪、难以为继的时刻，但是只要看到桌旁这些精心准备的餐点，鲁迅无论多么疲惫的心都会立刻得到慰藉，立刻充满了信心与能量。有什么精神动力能比得上自己枕边人的全力支持与付出呢？所以，无论夜晚做了多少工作，无论他有多么困乏，鲁迅也总是在吃过许广平贴心准备的早餐后再入睡。待鲁迅睡去后，许广平就开始繁忙，她要整理鲁迅晚上的文稿，然后还要做家务。两人每天的生活就这样周而复始，然而对这对历经风雨才走到一起的爱人来说，这样的生活是非常难能可贵的。

小海婴的成长也给这个家庭带来了不少乐趣。海婴知道鲁迅起床后有抽烟的习惯，早晨上幼儿园前，他便蹑手蹑脚地来到父亲床前，取出一支烟插入烟嘴里放到鲁迅触手可及的书桌前再悄无声息地离开。鲁迅睡醒后，看着儿子贴心的举动，内心也非常感动和欣慰。海婴放学回家后，他还会特意去留意父亲的烟嘴，然后得意扬扬地等着鲁迅的表扬。如果哪天父亲没有夸他，他还会故意俏皮地去问："今天发现烟嘴里有什么了吗？"

俗话常说，只有家庭幸福稳定没有后顾之忧的男人，才能成就大事业。鲁迅即是如此，有妻儿陪在身边，他沉重的生活也得到了慰藉，能够安心地将全部的精力投入到自己的事业当中。他有时也会忙里偷闲，与许广平一起喝喝茶、聊聊天，有时他们也一起出去散散步、看看画展。他们之间也会像刚刚恋爱的情侣一般，有一些浪漫的约会。为了缓解生活的压力，他们还经常一起看电影，那时物质生活比较贫乏，娱乐消遣很少，看电影无疑是很不错的选择。而且看电影一般是在晚上，对于一直走在革命前沿的鲁迅来说也相对安全。他和许广平都非常喜爱看电影，他们对电影的爱好也非常广泛，不论是纪录片、历史片，还是武打片或是喜剧，他们都会去看，尤其是苏联的电影，他们几乎场场必看。只要是鲁迅觉得对小孩子没什么不良影响的电影，他和许广平也会带上海婴一起去。全家人其乐融融，也算是鲁迅紧张生活中的一大乐趣。

鲁迅定居上海后，专心致志从事文艺革命运动。1928 年，他与郁达夫创办了《奔流》杂志。1930 年，他又主编《萌芽》《十字街头》《译文》《前哨》等众多文学期刊。他还参加和领导了诸多革命团体，如中国自由运动大同盟、中国民权保障同盟等许多革命社团。他撰写了数百篇杂文，领导文艺工作者同帝国主义、封建主义、国民党政府及其御用文人进行斗争。他为文艺革命运动做出了特殊的贡献，他致力于中外文化交流，还自比"窃火者"，为众多青年作家的成长付出了巨大的心血。

许广平说："从广州到上海以后，虽然彼此朝夕相见，然而他整个的精神，都放在工作上，所以后期十年的著作成绩，比较二十年前的著作生涯虽只占三分之一，而其成就，则以短短的十年而超过了 20 年。"然而，鲁迅这种努力和抗争的背后却有着不为人知的艰辛。

1933 年，随着胡也频、冯铿、殷夫、柔石、李求实五位进步作家被捕，鲁迅也受到了搜捕。4 月 11 日，为了安全起见，鲁迅和许广平搬家到大陆新村九号。这里是鲁迅生命中的最后一处处所，他在这里会见过许多中外名人，如茅盾、瞿秋白、冯雪峰、内山完造、A·史沫特莱等。

新家虽然简陋，但是胜在安静，对鲁迅的写作还是有一定的好处的。房屋前还有一个小花圃，种植了许多花木；二楼是鲁迅的卧室兼书房；三楼前间是海婴与保姆的卧室；后间是客房，鲁迅后来在这里掩护过瞿秋白、冯雪峰等共产党人。

鲁迅和许广平一向不喜奢华的习气，因此新家的布局十分简单，在饮食穿着方面也同样简朴。他们的时间都用来进行文艺革命，哪有时间来穿着打扮呢。虽然鲁迅和许广平结婚后，在衣着服饰方面也会注重整洁，但是依然不会像一些华而不实的人一样在这方面花费大量的时间。不仅如此，在对待这些事情上，鲁迅甚至是有些偏执的。

他从来都不穿丝绸的衣服，春秋天他穿的是蓝布夹袄，夏天的时候就穿灰布长衫，冬天则是一身黑石蓝色的棉布袍。有一次，许广平为他做了一身毛葛料子的长袍，结果鲁迅一试，觉得衣服滑溜溜的让人不舒服，无论如何都不肯再穿，无奈之下，许广平只好把它送人。鲁迅穿的鞋子也很简单，就是黑色帆布的胶底鞋。这种鞋子大街上随处可见，价格非常便宜，但也缺点多多。且不说鞋子的样式老旧，鞋子本身也并不是很舒适的，夏天捂脚，冬天又不御寒，许广平多次劝说鲁迅换一双好鞋，但他只图方便，怎么也不肯换。

在鲁迅的影响下，许广平也不爱过多地打扮自己，生活得非常朴素。她的衣服都是自己缝制的，有时穿得久的连鲁迅都打趣她，让她去买新衣裳。但许广平体谅鲁迅的挣钱不易，认为他们的钱应该花在刀刃上，应该花在对革命事业的支持上，应该用来资助进步青年和进步刊物。因此，许广平勤俭持家，默默地替鲁迅减少负担。他们的生活虽清苦，但想到节省下来的钱能去做更多有意义的事情，鲁迅和许广平都觉得非常值得。

共同避难终跟随

　　在大陆新村的日子里，许广平成了鲁迅最为得力的助手。为了支持鲁迅的写作，她多方查阅资料、书籍，她是鲁迅文章的第一个读者与评论者，她为鲁迅抄稿、校对，她认真记录整理和鲁迅的重要谈话，她精心保管着鲁迅的文稿……他们夫妻配合默契，生活虽清苦，却幸福美满。

　　鲁迅的好友，美国女作家 A·史沫特莱曾这样描述过鲁迅和许广平的关系："无论是谁，凡知道他们的人，就知道他们的结合是建立在深深的爱和同志情谊之上的。他的夫人绝不是卧室里一件安适的家具，她乃是他的共同工作者，在某些地方她还是他的左右手。如果离开她，他的生命便不可想象。他纵然在病中和面对死亡的时候，除非有她做伴，他拒绝到任何地方去诊治。……自从我来到中国，我很少或几乎不曾见过男女之间有这样真挚的爱和这样可敬的同志之谊。"

　　然而，幸福的日子总是特别的短暂，这种紧密配合、幸福温馨的日子持续的时间还不到三年。在这个动荡的年月，当日军侵略上海时，鲁迅和许广平一起逃难；当鲁迅遭到国民党反动派的通缉与迫害时，他们一起躲避。在这样紧张的生活中，他们二人的感情更是紧紧地羁绊在一起。

为反抗国民党的独裁统治，1930 年，鲁迅参加了众多革命团体，比如中国自由运动大同盟、中国民权保障同盟会等。他的这一系列举动在社会上影响颇大，引起了国民党的高度紧张。他们企图拉拢鲁迅未成，国民党浙江省党部便对鲁迅进行通缉，还严禁出版他的著作，妄图切断鲁迅的经济来源。

　　这样的情形，许广平忧心忡忡。每逢鲁迅单独外出，她都提心吊胆，担心鲁迅会被抓捕迫害。一想到这些，她在家中就觉得坐立不安，无法专心致志地干活儿。直到鲁迅安全进到家门，她上上下下地打量了鲁迅，确保他安全无误，才感觉松了口气。此后，只要鲁迅出门，许广平都尽量陪同。鲁迅自知自己的身边极不安全，也劝许广平待在家中，但是许广平却非常坚定，要和鲁迅同患难，共生死。

　　海婴说过："父亲的手稿改动非常少，他差不多是一气呵成，没有写完以后删删改改的习惯，而且他从来不重抄一遍。"但在那段特殊时期，许广平却经常帮鲁迅抄稿子。因为国民党的审查人员对鲁迅的笔迹非常熟悉，为了躲避国民党的检查，鲁迅只好让许广平誊抄之后再发表。当然，署名也不能够再用"鲁迅"，只能用笔名，他的笔名在当时有几十个。为此，鲁迅的心情有时也会很郁闷，好在许广平和海婴的陪伴总是能缓解一些他的情绪。海婴年纪还小，不知道父亲为何生气，于是学着鲁迅生气的样子仰面朝天地躺在阳台上。鲁迅看见后，就念叨他是"小狗屁"，嘴上虽然不说，但心情已好了许多。

　　随着周边环境越来越危险，有人劝鲁迅发表一份退出中国自由运动大联盟的声明，以此来躲避追捕和暗杀。但鲁迅坚定地表示："今竟突然出此手段，那么我用硬功对比决不声明。"

　　在被国民党通缉期间，许广平曾多次陪同鲁迅避难。搬家成了鲁迅和许广平的家常便饭，许广平并不抱怨，而是全力配合鲁迅的转移工作，更加努力地照顾他的生活。

1931 年，柔石、冯铿、殷夫、李伟森、胡也频被国民党逮捕，鲁迅也因此受到牵连。在柔石被逮捕的前一天，受明日书店的委托，柔石找鲁迅商谈稿酬问题，鲁迅将与北新书局的合同抄录了一份给柔石做参考。柔石被捕后，这份合同落入了国民党的手中。二人的交往给了国民党逮捕鲁迅的理由，鲁迅和妻儿在内山完造的帮助下进入日本人开的花园庄旅馆避难。

为了避人耳目，鲁迅和许广平的屋子非常靠内，环境极差。屋内因靠近浴室而潮湿无比，采光和通风也有问题。在这样的环境下，许广平感到身体不适，常常咳嗽，鲁迅很是心疼。但为了避难，鲁迅和许广平都不叫苦，忍受了下来。不过，这样的避难生活，也使鲁迅停下了繁忙的工作，能够有更多的时间陪伴许广平和海婴。家人的陪伴，使他暂时忘却了被通缉的烦恼。

国民党反动派打听不到鲁迅的落脚点，于是大肆造谣，说鲁迅已被捕遇难，企图以此来"引蛇出洞"。鲁迅虽未上当，但他的朋友却非常担心，认为他总这样躲避在小屋中也不是长久之计。于是，有人劝鲁迅先出国避一避风头。这在当时无疑是最好的办法，但鲁迅看着不离不弃的妻儿，不忍离开他们。他说："时亦有意，去此危邦，而眷念旧乡，仍不能绝裾径去。"鲁迅在给李秉中的信中也提到："我又有眷属在沪，并一婴儿，相依为命，离则两伤……"他怀着对祖国的热爱和对妻儿的眷顾决定留在中国，留在上海，与黑暗势力抗争到底。

避过风头后，鲁迅和许广平终于能够搬出潮湿阴暗的花园庄旅馆的小屋。然而，他们还没过上几天安静的生活，就又一次不得不离开避难。1932 年，"一·二八"事变爆发，日本人企图控制上海进而迫使中国投降。据说，在鲁迅附近的寓所有人向日军开枪，鲁迅的寓所靠近租借，大都是外国人，鲁迅的嫌疑自然很大，于是日本官兵便进入鲁迅寓所内搜查。1 月 30 日，为了保护自身安全，鲁迅和许广平又在内山完造的帮助下进入到内山书店避难。谁知，恶劣的环境竟导致海婴生了麻疹。为了给海婴治病，鲁迅和许广平又搬到了条件好一些的大江旅馆。直到 3 月 19 日，"一·二八"事件逐渐平息，鲁迅和许广平才又搬回了寓所。当他们回到大陆新村的寓所中，才发现房间内破坏严重，门窗都被砸坏，家中一片狼藉。鲁迅和许广平重新打扫、收拾房间，生活开始平静下来。然而，当鲁迅和许广平刚刚放下心中的紧张，病痛就马上袭来。先是海婴得了赤风，紧接着鲁迅和许广平也病倒了。鲁迅和许广平一边照顾海婴，一边还要互相照顾对方的身体，生活非常疲惫。

颠沛流离的生活打破了他们的平静，黑暗的政治格局让这对好不容易在一起的夫妻遭受了更多的磨难。但这些困难并没有让他们退缩，许广平始终跟随在鲁迅的身后，互相扶持，共同前行。

革命的永久驿站

虽然鲁迅的外表给人一种冷酷严肃的感觉，但面对革命战友和进步青年时，他却有着一腔热情。鲁迅帮助过许多进步的革命人士，比如中国共产党的早期领导人瞿秋白及其夫人杨之华。

当时，瞿秋白当时身患肺病，生活非常拮据。鲁迅一心想要帮助他，但他非常细心，唯恐直接的接济会伤到瞿秋白的自尊心。于是，他和许广平商量后，决定把自己编撰的《鲁迅杂感选集》交给瞿秋白出版，这相当于是把这本书的版权和稿费全部送给了瞿秋白。瞿秋白对鲁迅的帮助感动不已，在出版《鲁迅杂感选集》时他还特意亲自为此书写序，表达自己内心的感激。

此后，鲁迅与瞿秋白交往亲密，并肩战斗。20世纪30年代，蒋介石在他的统治区内，不但进行军事"围剿"，更是尽显文化"围剿"。瞿秋白作为当时共产党的领导人，自然首当其冲。瞿秋白夫妇曾四次在鲁迅家避难，瞿秋白与鲁迅成为患难之交，结下了深厚的感情。此时的上海弥漫在白色恐怖之中，鲁迅也面临着各种各样的困难和危险。但是，每当瞿秋白和杨之华遇到危险的时候，鲁迅和许广平都毫不犹豫地为他们提供帮助和保护，置自身生死于不顾。

除了瞿秋白，鲁迅还帮助过萧军和萧红。萧军和萧红因参与地下抗日组织被发现而四处流亡。1934 年 10 月，萧军和萧红乘船离开青岛来到上海。他们的生活非常艰苦，走投无路之下，他们想到了一直热心帮助进步青年的鲁迅。11 月 30 日，他们在内山书店见到鲁迅。萧红把《生死场》的稿子交给鲁迅，请他粗略看看，指导一二，没想到鲁迅却看得异常认真。因为经济困难，书稿的字写得又小又密，鲁迅丝毫没有抱怨，反而认认真真地看完了。后来，《生死场》因反映东北人民抗日斗争而没有通过审查。鲁迅亲自写序，并自费出版了这部小说。

萧军、萧红很快和鲁迅、许广平熟悉起来，成了他们家中的常客。鲁迅和许广平为萧军、萧红提供了很大的帮助。鲁迅不仅在经济上给他们资助，也在文学创作上对他们进行了指导。萧军和萧红在文学创作上的成长，鲁迅功不可没。

除了瞿秋白夫妇和萧军、萧红，柔石、冯雪峰也是鲁迅家的常客。

1928 年，柔石被国民党通缉，躲避到了上海，通过好友王方仁结识了鲁迅。鲁迅当时身体不适，病得很严重。但在这样的情况下，他还是坚持着看完了柔石的《旧时代之死》，给柔石提出了许多宝贵的修改意见。修改完毕后，鲁迅还让许广平誊抄后，亲自推荐给书店出版。

柔石和一些进步青年组织"朝花社"，共同创办了《朝花周刊》，鲁迅给予了他们大量的支持，还承担了近一半的活动经费。在此期间，柔石在鲁迅的指导下，文学创作水平大幅度提高。鲁迅和柔石也因此建立起深厚的友谊。

柔石被害后，鲁迅痛心不已，写下了大量的怀念文章，其中最耳熟能详的当属《为了忘却的纪念》。鲁迅曾为柔石写过一首诗云：

惯于长夜过春时，挈妇将雏鬓有丝。

> 梦里依稀慈母泪，城头变幻大王旗。
>
> 忍看朋辈成新鬼，怒向刀丛觅小诗。
>
> 吟罢低眉无写处，月光如水照缁衣。

柔石还把冯雪峰介绍给鲁迅认识。冯雪峰与鲁迅一见如故，为了方便交流，他甚至还搬家到鲁迅的寓所隔壁居住。他们经常一起合作，共同创作文章，或是一起翻译国外的进步书籍，很有默契。

鲁迅将自己大部分的精力都献给了那些进步青年，他节衣缩食，给他们提供经济援助；他不遗余力地将文学创作的经验和方法传授给他们，为他们指点迷津；他积极为他们奔走，替他们出版书籍，把他们推向更广阔的平台。而许广平始终站在鲁迅身旁，支持着鲁迅。她照顾来家中做客的每一个人，也帮助他们校稿、誊抄。

如果说鲁迅是这些进步青年的后盾，那么许广平就是鲁迅的坚实后盾。鲁迅和许广平在上海的这个小家，为进步青年撑起了一片天地，是他们永远的革命驿站。

第七卷

万世此心与君同

病魔来袭磨心智

现实黑暗，革命的道路还前路漫漫，鲁迅为此不得安适与悠闲。他为争取光明而艰苦奋斗，但此时，他的身体却越来越难以支撑着他继续向前走了。由于时代、生活等各个方面的影响，他的身体大不如从前，一天不如一天。

自从1928年5月鲁迅生了一场大病以后，他的身体便大不如从前，肺结核与肋膜炎等病症一直纠缠着他。他经常发烧、咳嗽，起先吃了药还有好转，但到后来便是服药也不能抑制了。1934年秋，他甚至持续低烧了一个月。在病痛的折磨下，他日渐消瘦。他的颧骨凸起，牙龈也变了形，甚至原先装的假牙也不得不请医生再重新制作。1936年春，他的体重直线下降，只有七十六斤，看上去弱不禁风，他的病情已经开始严重影响他的正常生活。

1936年1月3日，工作到深夜的鲁迅感到肩膀和肋骨异常疼痛。但他没有在意，仍然坚持工作。到3月时，鲁迅的肠胃也出现了严重的问题，食不知味。紧接着，肺病也复发了。3月2日，鲁迅染上了风寒，因肺病喘气困难。鲁迅终于支撑不下去了，开始接受医生的治疗，休养了一段时间。史沫特莱劝鲁迅去国外疗养，但鲁迅却说："环境骤息万变，自己不应该单独远行，还应该留在国内做工，病也可以就地医治。"4月，鲁迅的身体有所好转，他又立刻投入到了工作中。看着鲁迅消瘦的身影，许广平心疼不已。

胡风曾在文章中提到鲁迅忘我带病工作的状态："热度刚被药压下，可以走动的时候，就动手做工。永年炼成的战斗的心和工作习惯使他不知道什么是休养。这对于他底病体是有害的，但夫人也罢，朋友也罢，医生也罢，谁都没有禁止或劝止他的方法。每当热度重新升高了，对他说那是因为工作了的缘故，他总是马上否认。曾经和夫人有过这样的争执：夫人说是做了工所以发热的，他却说是因为晓得什么时候要发热所以赶快把工作做完了的。不知是笑话呢还是真话，后来甚至说出了这样的理论：如果不会发热，当然可以工作，如果会发热，就应该赶快工作。"

但是，他这样的坚持并未很久，因为他的病症越来越严重。5月，鲁迅因身体乏力，已经提不起笔。6月起，他连坐都变得很困难，连始终坚持写的日记都不能坚持了，书信更是没有力气回复。为此他还请人给他刻了一枚图章，印有"生病"二字，在邮递员退信之前，由海婴负责把这个章盖上去。

这年夏天，鲁迅的一位日本朋友增田涉专程从日本来中国探望他，可他竟连陪客人吃饭的力气都没有了，只勉强吃了两口就被许广平扶上楼休息。留下增田涉一人，看着鲁迅瘦弱的背影，不由得为他感到悲伤。

1936年8月，鲁迅的病情愈加严重，他在许广平的陪伴下，又一次来到医院，进行了抽胸腔积水的治疗。9月，他的病已经非常非常重了。此前，鲁迅并未想到病来得如此急、如此快。直至临终前，他还有点不相信自己的病情，问医生："我的病如此严重了吗？"

史沫特莱看到他的身体状况越来越差，特意请来了上海当时最好的一位美国肺病专家托马斯·邓恩为他作诊断。邓恩医生仔细检查后认为鲁迅的肺病非常严重，双肺大部分已烂掉，"倘是欧洲人，五年前就会死掉了"。邓恩医生告诉史沫特莱，说鲁迅的病情之严重，可能已熬不过过年了。他还告诉许广平，鲁迅必定是会因肺结核而死亡的，如若进入到设备良好的外国医院，应该还能活十年左右；但若是置之不理，恐怕撑不过六个月。许广平听了万分担忧，一有机会就劝说鲁迅去国外疗养。但鲁迅总以工作为借口而推脱，许广平为此流了不少眼泪。

听说了鲁迅的病情后，他的许多朋友纷纷写信邀请他去国外疗养，高尔基邀请他去苏联，史沫特莱劝说他去美国，内山完造请他去日本，法捷耶夫邀他到黑海治疗……宋庆龄知道后也特意写信给鲁迅，希望他能接受治疗，她在信中写道："我恳求你立即入医院医治！因为你延迟一天，便是说你的生命增加了一天的危险！！你的生命，并不是你个人的，而是属于中国和中国革命的！！！为了中国和革命的前途，你有保存、珍重你身体的必要，因为中国需要你，革命需要你！！！"

然而，倔强的鲁迅并未听从好友的建议，他深知中国的革命事业离不开他，所以仍然坚持工作。他说过："长期离开了自己的祖国，长期居住在国外，正如一棵树，得不到充分的水和土，是很难希望它能够开花结实的。"

随着病情的恶化，鲁迅在心理上也变得越来越脆弱。章太炎《救学弊论》中这样说道："凡学者贵其攻苦食淡，然后能任艰难之事，而德操亦固。"鲁迅受章太炎的影响，生活一直非常清苦，生怕安逸的生活会影响到革命与工作。他和许广平在寒冷的冬天，也只在床上垫上一层薄薄的棉褥，穿着尽量朴素。虽然也有经济等方面的影响，但他更多的还是因为以俭朴固德操的观念。但随着身体状况的变化，他在物质生活上也有所软化，甚至转而批评章太炎《救学弊沦》中的那段话："这话诚然不错，然其欲使学子勿慕远西物用之美，而安守其固有之野与拙，则是做不到的。因为是好事。"

也因此，他对许广平的依赖也越来越多。虽然为许广平的牺牲感到内疚，可他仍然说："广平你不要出去！"尽管他深知男女平等的道理，也了解许广平的性格，知道她热心于那些社会活动，但他还是希望许广平能留在家里照料他的生活——他此时已经离不开许广平的照料了。这些情况都越来越表明了鲁迅身体上的力不从心。

在他刚来上海的时候，他与许广平刚刚开始新的生活，他还可以自信地说："我本来想过独身生活，因为如果有了孩子，就会对人生有所牵挂。可是现在我的思想成熟了，觉得应该像这样生活。"但渐渐地他感到身上的担子越来越重甚至忍不住发牢骚："负担亲族生活，实为大苦，我一生亦大半困于此事，以至头白，前年又生一孩子，责任更无了期矣。"当然，他这许多的牢骚和不满，都是因为沉重的生活让他觉得疲惫，毕竟他的身子已大不如从前了。面对肩上的重担，他也只能口头上抱怨两句，并没有真的撒手不管。但是不难看出，他正因为越来越差的身体状况而不堪重负，承受力也在逐渐减弱。

他的心情也开始越来越差，1935 年他给日本一位朋友的信中说："上海已进入梅雨期，天气恶劣不堪。我们仍健康，只是我年年瘦下去。年纪大了，生活越来越紧张，没有法子想。朋友中有许多人也劝我休息一二年，疗养一下，但也做不到。……前次惠函中曾提及天国一事，其实我是讨厌天国的。中国的善人们我大抵都厌恶，倘将来朝夕都同这样的人相处，真是不堪设想。"面对复杂的政治局面，他越来越觉得沉重不堪，他甚至说："在这样的时候，心绪不能不坏。"

心境的变化使他的文章也开始有些偏激，他说"能杀才能生，能憎才能爱，能生与爱，才能文"。他的语气越来越激烈，甚至说出"假如我的血肉该喂动物，我情愿喂狮虎鹰隼，却一点也不给癞皮狗们吃"的话。他还咬牙切齿地鼓吹报复："被压迫者即使没有报复的毒心，也决无被报复的恐惧，只有明明暗暗，吸血吃肉的凶手及其帮闲们，这才赠人以'犯而勿校'或'勿念旧恶'的格言，——我到今年，也愈加看透了这些人面东西的秘密！"

他这一生，经历了许许多多的欺凌与迫害，对社会的厌憎之心逐渐加重也是必然。但以前他总还是抱着希望，总还是能够压制的，但现在他逐渐老了，逐渐力不从心了，那些厌恶的情绪自然也逐渐压制不住了。1936年9月他曾写道："欧洲人临死时，往往有一种仪式，是请别人宽恕，自己也宽恕了别人。我的怨敌可谓多矣，倘有新式的人问起我来，怎么回答呢？诚想了一想，决定的是：让他们怨恨去，我也一个都不宽恕。"

对于自己的疾病和衰老，鲁迅内心是非常敏感的，有一些年轻人背地里称他"老头子"，他气愤不已。他也不愿意别人谈论他的病情，"多提示，总不免有些影响"。他在心理上有些回避这个问题，在人前也不肯承认自己病重，但衰老却在生活中显现出来，根本却不会停止。鲁迅自己心里也有预感，自己的生命怕是就要走到尽头了。1936年5月，鲁迅看到了瞿秋白的遗作《海上述林》，对许广平说："这一本书，中国没有这样讲究地出过，虽则是纪念'何苦'（按：瞿秋白别名），其实也是纪念我。"

人在感到年老的时候，往往容易回首从前，鲁迅也不例外。他回首往事，想到还有许多未完成的心愿，但时日无多让他的内心倍感悲痛。1933年6月，他吃着小时候喜爱的食物，却觉得不是滋味，觉得味道大不如前，他为此感慨道："东西的味道是未必退步的，可是我老了，组织无不衰退，味蕾当然也不能例外。"话语中透出了他低迷的情绪。

1936年的2月到4月间，只要还有一丝力气，鲁迅就从病床上起来写文章，他写了《我的第一个师父》《这也是生活》《死》《女吊》四篇文章。这些文章是鲁迅对自己一生的总结，是他感到衰老、感到生命快要到终点的感悟，是他生命中最后的批判。他自己知道自己的情况，心境也产生了变化，他在《这也是生活》中写道：

有一些事，健康者或病人是不觉得的，也许遇不到，也许太微细。到得大病初愈，就会经验到；在我，则疲劳之可怕和休息之舒适，就是两个好例子。我先前往往自负，从来不知道所谓疲劳。书桌面前有一把圆椅，坐着写字或用心的看书，是工作；旁边有一把藤躺椅，靠着谈天或随意的看报，便是休息；觉得两者并无很大的不同，而且往往以此自负。现在才知道是不对的，所以并无大不同者，乃是因为并未疲劳，也就是并未出力工作的缘故。

《这也是生活》写得非常耐人寻味，这是他对人生的新的领悟，究竟什么是生活？他写道：

有了转机之后四五天的夜里，我醒来了，喊醒了广平。

"给我喝一点水。并且去开开电灯，给我看来看去的看一下。"

"为什么？……"她的声音有些惊慌，大约是以为我在讲昏话。

"因为我要过活。你懂得么？这也是生活呀。我要看来看去的看一下。"

"哦……"她走起来，给我喝了几口茶，徘徊了一下，又轻轻的（地）躺下了，不去开电灯。

我知道她没有懂得我的话。

街灯的光穿窗而入，屋子里显出微明，我大略一看，熟识的墙壁，壁端的棱线，熟识的书堆，堆边的未订的画集，外面的进行着的夜，无穷的远方，无数的人们，都和我有关。我存在着，我在生活，我将生活下去，我开始觉得自己更切实了，我有动作的欲望——但不久我又坠入了睡眠。

面对似乎越来越近的死亡，鲁迅非常坦然，干脆还用《死》做了文章的题目。《死》的通篇都表达着他对死亡的无所谓。他对死亡想得很少，"有一批人是随随便便，就是临终也恐怕不大想到的，我向来正是这随便党里的一个。"

他对死亡做了种种设想，既不回避，也不设法改变这种结果。《死》发表后，他去拜访一位日本朋友鹿地亘，和他一直在谈论死的问题，鬼怪幽灵，他们讲得兴致勃勃。他曾在散文写过："想到生的乐趣，生固然可以留恋；但想到生的苦趣，无常也不一定是恶客。"

有人觉得《死》写得太过悲哀，他却回答："没有法子想的，我就只能这样写。"当他预感到生命即将结束的时候，他并不恐惧，甚至还有些淡然："从去年起，每当病后休养，躺在藤躺椅上，每不免想到体力恢复后应该动手的事情：做什么文章，翻译或印行什么书籍。想定之后，就结束道：就是这样罢——但要赶快做。这'要赶快做'的想头，是为先前所没有的，就因为在不知不觉中，记得了自己的年龄。"

鲁迅的这种淡然，不由得让人觉得有些悲痛，不知道许广平看到这篇文章会有怎样的心情，大概总是会泪流满面的吧。

鲁迅病重后，许广平身上的压力一下子多了许多。她不仅要做烦琐的家务，照料海婴的生活，还要看护照顾生病的鲁迅。她每天按时按量给鲁迅服药，观察记录他身体的情况，还要绞尽脑汁地做一些鲁迅可以吃得下的食物，无微不至。为了让鲁迅安心休养，她承担了接待、邮寄信件等工作。

这段时期，许广平深受身体疲劳与精神痛苦的双重压力，迅速地消瘦。她整日忧心忡忡，但又故作坚强，以安抚鲁迅的情绪。但遗憾的是，鲁迅的身体并没有好转。

1936 年 10 月 18 日凌晨，天气转凉，鲁迅的气喘病突然发作，喘不上气，还咳嗽不停。鲁迅十分痛苦，但他很坚强，一直坚持到清晨六点，还支撑着写下了一封短信给内山完造，让许广平带到内山书店。内山完造为他请来了两位日本医生，但是鲁迅的肺已经破裂，根本无法治疗。鲁迅一直不停地喘着，话也说不出，汗流不停。他只能那么静静地倚靠在椅子上，又辛苦地撑了一天。医生用尽各种办法，都不能减轻他的痛苦，缓解他的病情。

许广平在旁边帮他擦汗，他用他仅有的力气紧握着她的手，在他生命的最后时刻，这个给他带来了爱情和新生活的女人始终陪在他的身边，给他最后一点力量。自从他们相识相知，两个人已经这样携手度过了无数个难关，这一次，他们的手仍然紧紧地握在一起。但第二天凌晨六点，鲁迅终于还是没有挺过这一关，永远地睡去了。

在生命的最后一刻，鲁迅紧握着许广平的手，与她做了最后的告别："忘记我，管自己的生活！"

与世长辞全民哀

1936年10月19日5时25分，鲁迅在上海大陆新村的寓所中逝世，享年五十六岁。

他的一生，正是"横眉冷对千夫指，俯首甘为孺子牛"，鲁迅"垂老不变的青年的热情，到死不屈战士的精神，将和他的精湛的著作永留人间"。

鲁迅逝世的那天早上，海婴正要起床上学，他却发现家中的气氛很奇怪，和往常不一样。家里来了很多人，也没有人催他去上学。一直照顾他的阿姨还让他穿好衣服后暂时不要下楼。但孩童的好奇心让他悄悄来到楼下，他看到屋子里来了许许多多的人，屋里屋外全都站满了人。当他来到母亲身边时，看到父亲躺在不远的床上一动不动，好像睡着了一样。而母亲却红肿着眼睛，拽着他，不让他过去，他渐渐地明白过来——他永远失去了父亲。

鲁迅的屋子中非常安静，沉痛的气氛弥漫在四周，仔细听还有压抑的哭泣声。得知鲁迅去世的消息，宋庆龄、胡风、冯雪峰、内山完造、史沫特莱、周建人等许多亲朋好友纷纷赶了过来，静静地哀悼。有一位日本雕像家来给鲁迅做石膏面模，石膏材料把他的眉毛和胡须粘下来了一些，正好被海婴看到，心疼不已，他想："怎么把我父亲的眉毛和胡子生生地拔了下来？"鲁迅去世时并没有戴假牙，这个石膏面模便做得两腮凹陷，和鲁迅的模样有一些区别。这个面膜后来被做成石膏的头像，现在还挂在上海鲁迅纪念馆。

鲁迅，这个中国文学界的领军人物，这个为祖国的自由与进步奋斗了一生的伟大先驱，留下了不朽的作品，却也留下了自己的妻儿，永远地离开了人世。

鲁迅并没有留下正式的遗嘱，但他在《死》中写过类似的几条：

一、不得因为丧事，收受任何人的一文钱。——但老朋友的，不在此例。

二、赶快收殓，埋掉，拉倒。

三、不要做任何关于纪念的事情。

四、忘记我，管自己生活。——倘不，那就真是、糊涂虫。

五、孩子长大，倘无才能，可寻点小事情过活。万不可去做空头文学家或美术家。

六、别人应许给你的事物，不可当真。

七、损着别人的牙眼，却反对报复，主张宽容的人，万勿和他接近。

这七条"遗嘱"也许并不能代表鲁迅的全部嘱托，但却代表他对自己人生的重要总结。

许广平和周建人、宋庆龄及冯雪峰等人一起成立了治丧委员会，由毛泽东、蔡元培、许寿裳、周建人、沈钧儒、茅盾、胡愈之、胡风、内山完造、史沫特莱、曹靖华、萧三等人组成。

10月19日十点，鲁迅的遗体被送到了万国殡仪馆。殡仪馆门前悬挂着黑色的横幅，上面写着"鲁迅先生丧仪"，墙壁上挂着鲁迅的遗像。礼堂中间摆放着鲁迅的遗体，周围布满了鲜花，庄重肃穆。殡仪馆吊唁的大厅和走廊，到处都挂满了挽联。大厅外的空地上也拉起绳子挂满了挽幛。到处是一片素白，好不哀伤。在为期三天的公开吊唁中，前来瞻仰鲁迅遗容的群众络绎不绝，工人、学生、作家、学者、报童、小贩、人力车夫等等各行各业、各界人士将近万人。

据不完全统计，在这短短的三天中，留下签名的哀悼者共计七千四百七十人，留名的团体共一百五十六个。还有没有留下姓名的群众，数量之多，不可估计。许多来与鲁迅告别的人以前并未见过鲁迅，但鲁迅的事迹已经深入人心，他们被鲁迅的精神所打动。

20 日，许广平同宋庆龄等人为鲁迅选定了位于虹桥的万国公墓。21 日下午三点，在万国殡仪馆举行大殓。22 日下午出殡前，万国殡仪馆门早已排满了长队。作为送葬队伍前导的是司徒乔画的鲁迅巨幅遗像，治丧委员会的宋庆龄、沈钧儒、蔡元培和巴金、萧军等几位作家扶着鲁迅的灵柩上了灵车。送葬队伍迈着沉重的步伐缓缓前进，沿途有许多群众自发加入进来，送葬的队伍越来越长。队伍浩浩荡荡，场面非常壮观。

鲁迅的葬仪在万国公墓举行，由蔡元培主持，宋庆龄、田军、章乃器、邹韬奋、内山完造等人讲话，胡愈之致哀辞，号召大家延续鲁迅的精神，继承他的遗志，为祖国的革命事业继续奋斗。伴随着哀乐，宋庆龄和沈钧儒将一面绣着"民族魂"的白绸旗子覆盖在了鲁迅的灵柩上。人群在暮色中默哀，向这位革命的先驱做最后的告别。人们唱着吕骥和冼星海临时为鲁迅谱写的《安息歌》："愿你安息，安息！愿你安息，安息，安息在土地里……"

鲁迅下葬的那天，许广平写下了感人至深的墓偈，在场的人听到无不动容。她这样念道：

鲁迅夫子

悲哀的氛围笼罩了一切，

　　我们对你的死，有什么话说！

你曾对我说：

"我好像一只牛。

　　吃的是草，

　　挤出的是牛奶、血"

你不晓得，什么是休息，

　　　　什么是娱乐。

　　工作，工作！

　　死的前一日还在执笔。

　　如今……

　　希望我们大众

　　锲而不舍，跟着你的足迹。

　　不只在上海，全国各地的人们都在为鲁迅的逝世而哀悼，甚至在日本、苏联等地也在为鲁迅的离世而惋惜。许多不能来参加葬礼的好友纷纷发电报来表达哀思。鲁迅的同学、知己许寿裳在北京一听说他逝世的噩耗，顿时失声痛哭。他说："这是我生平为朋友的第一副眼泪。鲁迅是我的畏友，有三十五的交情，竟不幸而先殁，……我没法想，不能赶去执绋送殡，只打了一个电，略云：'许景宋夫人，豫才兄逝世，青年失其导师，民族丧其斗士，万分哀痛，岂仅为私，尚望善视遗孤，勉承先志……'"

　　许多人为纪念鲁迅，写下了许多动人的篇章。胡风的散文《悲痛的告别》对鲁迅进行了高度的赞扬，他在文中呼吁大家继承鲁迅的遗志继续奋斗，他写道："朋友们，兄弟姊妹们，让我们底爱心，我们底悲痛，我们底仇恨融合在一起罢。先生所开辟的道路开展在我们底前面，先生所画出的仇敌围绕在我们底周围，只有用先生底打得退明枪耐得住暗箭的大无畏的精神，才能够继承先生底志愿。朋友们，兄弟姊妹们，凭着我们底爱心我们底悲痛我们底仇恨所融合起来的伟力，在不远的将来，先生底理想要在祖国的大地上万花烂漫地实现。那时候我们再来哀悼先生的眼泪里面，就会混合着狂热的气息了。"

臧克家为纪念鲁迅，写下了著名的诗《有的人》，这是诗总结了鲁迅的高尚精神：

有的人活着，

他已经死了；

有的人死了，

他还活着。

有的人

骑在人民头上："呵，我多么伟大！"

有的人

俯下身子给人民当牛马。

有的人

把名字刻入石头，想"不朽"；

有的人

情愿作野草，

等着地下的火烧。

有的人

他活着别人就不能活；

有的人

他活着为了多数人更好地活。
骑在人民头上的
人民把他摔倒；
给人民作（做）牛马的
人民永远记住他！

把名字刻在石头上的
名字比尸首烂得更早；
只要春风吹到的地方
到处是青青的野草。

他活着别人就不能活的人，
他的下场可以看到；
他活着为了多数人更好地活着的人，
群众把他抬举得很高，很高。

鲁迅去世了，但他为整个中华民族做出的贡献却永远地留了下来。他是所有人的榜样，激励着人们为了中华民族的解放做斗争！

真情思恋恒久远

　　许广平自和鲁迅相识相知后，便几乎形影不离，即使有段时间分隔两地，但他们也日日通信，关系亲密不已。但如今，鲁迅撒手人寰，许广平形单影只，内心悲痛万分。她看着和鲁迅生活的地方，回想着和鲁迅在一起的点点滴滴，日日以泪洗面。但想到年纪还小的海婴，想到鲁迅未完成的事业，许广平渐渐振作起来，沿着鲁迅已走过的道路，继续向前进。

　　1936 年 10 月，鲁迅与世长辞后，许广平化悲痛为力量，决心要坚守鲁迅生前的信念，完成鲁迅的还未完成的事业。

　　她留在上海整理鲁迅的遗稿和遗物，日本进攻上海后也未离开。共产党为了她的安全，曾建议她转移到苏北革命根据地。但她说："我这一个家，丝毫没有贵重的物品。在有些人眼里是看不起的。但我把这里的一桌一椅，一书一物，凡是鲁迅先生留下来的，都好好地保存起来。……当然请别人来看守而要求别人冒着生命危险看守这些遗物，是没有理由的。由此，我不敢在任何为难的时候交托给别人。"她为鲁迅上海故居的恢复及鲁迅遗物的保管做出了巨大的贡献。

　　1937 年 4 月，她将鲁迅在 1934 至 1936 年间的十三篇杂文编成《夜记》并出版。还收录鲁迅最后一年里创作的杂文三十五篇，出版为《且介亭杂文末编》。1938 年 4 月，许广平编辑了《集外集拾遗》。同年 8 月，她和胡愈之、郑振铎等二十人，以"鲁迅纪念委员会"的名义，一同组成了"复社"，并在中国共产党的资助下，编辑出版了《鲁迅全集》(二十卷本，共计六百万字)。1946 年秋，在中国共产党的资助下，许广平将鲁迅八百余封的书信手稿和抄件整理出版为《鲁迅书简》。

就这样，许广平继续鲁迅的事业，为研究和保卫鲁迅的资料贡献出了毕生的精力。她作为鲁迅的战友和夫人，一直受到人们的敬重。

许广平自己也是一个革命家，她勇敢地投入到抗日斗争中。她积极地为抗日将士募捐日用品和药物，同时还大量撰稿，发表纪念鲁迅的文章，抵制日本帝国主义的奴化教育。《上海妇女》《上海周报》《妇女界》《申报》副刊、《世纪风》《文汇报》副刊、《自由谈》等报纸杂志都登载过她的文章。

许广平还秘密北上，整理了鲁迅北京的手稿和藏书。1947 年，许广平担任了上海妇女联谊会主席，积极撰稿、多次捐款资助进行运动的学生，并与共产党地下党组织保持着密切的联系。

日军占领上海租界后，为寻找上海抗日知识分子的线索，于 1941 年 12 月 15 日清晨逮捕了许广平，对她严刑逼供。许广平谨记和鲁迅避难时鲁迅对她的教导，什么也不肯说，坚持了下来。1942 年 3 月 1 日，日军一无所获，才将许广平释放出来。

许广平在悲痛之余，还要照顾年纪尚小的海婴。除此之外，她还没有忘记鲁迅远在北京的家。

鲁迅在世时，许广平为了照顾鲁迅的生活起居，为了让鲁迅全身心投入到革命事业中，她辞掉工作，做出了巨大的牺牲。但此时鲁迅突然离世，许广平就一下子没有了经济来源，只能靠鲁迅著作的微薄版税来维持生计，生活非常拮据。鲁迅的母亲鲁老太太还健在，白发人送黑发人，鲁迅的去世对她的打击颇大。许广平不顾自己的丧夫之痛，还要竭尽全力安抚鲁老太太。除了精神上的安慰，许广平还要从本就不多的稿费中拿出生活费寄给老太太。许广平的举动让鲁老太太备受感动。尤其是鲁老太太在北京过得并不算好，二儿子周作人也很少会顾及她。宋紫佩在 1937 年 2 月 25 日给许广平信中说："闻旧历新年迄今，八道湾竟无一人来探望太师母。"在这样的对比之下，许广平的孝心就更显得珍贵。

许广平还曾一度想要回到北京和鲁老太太一起生活。鲁老太太自然万分高兴，但是想到鲁迅二弟周作人夫妇对许广平的排斥，未免许广平受委屈，只好心不甘情不愿地劝许广平不要来。她在 1937 年 4 月 12 日给许广平的信中说："我虽然很想见你和海婴的，但我真怕使你也受到贤祯他们一样的委曲，大太太当然是不成问题的。不过八道湾令我难预料。"

鲁老太太去世后，许广平还不忘照顾独自在北京的朱安，仍旧定期寄生活费给她。朱安也非常感激许广平，她曾拒绝接受周作人的钱，却愿意接受许广平汇寄的生活费，她说："您对我的关照使我终生难忘。您一个人要负担两方面的费用，又值现在生活高涨的时候，是很为难的。"1947 年 6 月 29 日，朱安病逝于北平。许广平还汇钱为她办了丧事。临终时，朱安因着对许广平的感激，将两块心爱的衣料转赠给了许广平，她说："周先生对我并不算坏，彼此间并没有争吵，各有各的人生，我应该原谅他……许先生待我极好，她懂得我的想法，她肯维持我……她的确是个好人。"

许广平不仅在经济上支持朱安，也对她的身世和遭遇深表同情。朱安去世后，许广平曾在一篇散文里写道："鲁迅原先有一位夫人朱氏……她名'安'，她的母家长辈叫她'安姑'。"不管别人怎样看待朱安，许广平对她都是毫不介怀的，她的做法可以说是问心无愧的，不说其他，至少她在自己的文章中为朱安留下了姓名。

不论是工作事业，还是家庭生活，鲁迅没有能够完成的，许广平用毕生的精力，都替他一一完成了。

1946 年 10 月，鲁迅逝世十周年，许广平写了一篇《十周年祭》，回忆当年：

> 呜呼先生，十载恩情，毕生知遇，提携体贴，抚盲督注。有如慈母，或肖严父，师长丈夫，融而为一。呜呼先生，谁谓荼苦，或甘如饴，唯我寸心，先生庶知。

许广平将他们的情感包藏在这诗文之中，表达着对鲁迅的无限爱恋与怀念。

他们从相识相知，经历了许许多多的苦难，遭受到了许多非议。但不得不承认，许广平以她自身的光芒告诉了世人，她足以站在鲁迅的身旁。也只有她，才能以平等的姿态，守在他的身边，创造出别人无法取代的成就。